テクストの修辞学

文学理論、教科書教材、石川・愛知の近代文学の研究

西田谷 洋
Nishitaya Hiroshi

翰林書房

テクストの修辞学　文学理論、教科書教材、石川・愛知の近代文学の研究◎目次

はじめに

本書は、物語論・詩学・ジェンダー批評を中心とする文学理論、賢治・梶井・犀星らの教科書教材、鏡花・声・作次郎・南吉らの石川・愛知の近代文学に関する研究である。

Ⅰは、認知詩学／認知物語論的な立場からの論考を集めた。

Ⅰ―1は、認知物語論の基本的立場を説明するとともに認知詩学をはじめとする関連領域の文献を提示しⅠの導入とした。Ⅰ―2は、認知詩学の一環として、隠喩の意味作用と組み合わせが北村透谷『楚囚之詩』の世界をどのように作り上げるかを素描した。隠喩を図式として把握する際にはフレームが関与する。Ⅰ―3は、幻燈というスクリーン・メディアをフレームとすることで、宮沢賢治「やまなし」を全体化と例外化との交替の美学として論じる。一方、語り手と表現／対象との関係はテクスト解釈に影響を与えるだろう。そこで、Ⅰ―4では、梶井基次郎「桜の樹の下には」を内容レベルの〈疑問―回答〉構造と、表現レベルのダイクシスの移転構造とを関わらせつつ、語り手「俺」と聴き手「お前」の関係を考察する。また、テクストは引用の織物であり、引用元と引用先との関係をコンストラクションとして捉える視座も可能だろう。Ⅰ―5では徳田秋声「町の踊り場」を引用して古井由吉「踊り場参り」がいかにテクスト生成したかを論じた。また、コンストラクションはテクストのミクロな断片とマクロな全体との関係としても捉えられる。Ⅰ―6では、梶井基次郎「檸檬」を創造＝観察のコンストラクションの観点から分析し、エコロジカルな「私」のオルタナティヴへの志向をアンチモダニズム的な《ほんもの》への志向、檸檬爆弾を儚さの美学として再評価した。また、Ⅰ―7では、筒井康隆『文学部唯野教授』におけるメタフィクションのコンストラクションとして接続＝転位を抽出するとともに、メタフィクションのスキーマモデルを提示した。

Ⅱは、幻想・ジェンダー・地域に関わる論考を集めた。

北村透谷「我牢獄」・「星夜」・「宿魂鏡」は、現実世界では成立しない恋愛を幻想空間で展開する。Ⅱ―1では、男性主体の実効的な言動とは切断された魂の恋愛が夢想されることを、恋愛の断念／女性嫌悪として捉える。また、幻想とは何も超常現象のみを指すわけではない。泉鏡花「山海評判記」を論じるⅡ―2は、唄の批判すなわち不可能な平等を来るべきユートピアという幻想として捉える。そうした幻想あるいは現実は、修辞的に構成される。Ⅱ―3は室生犀星「小景異情」の修辞が何を構成しているかを分析する。また、加能作次郎「世の中へ」を論じるⅡ―4は、実体験の出来事が比喩として叙述され、未体験の出来事もイメージとして提示されることで、世界の体験／未体験は繋ぎ目無く織り込まれて表現されていることを示す。同様に評価も創造＝表現されるが、Ⅱ―5は、新美南吉『良寛物語 手毬と鉢の子』は偉さを伝える語りが同時にそれを伝えないアレゴリーを生むことを示す。ジェンダー秩序も同様に両義的な側面を持つ。Ⅱ―6では、女性と老いという資本主義経済システムの周縁因子の相関を描く徳田秋声「足袋の底」の伝達の困難・危機を論じる。また、室生犀星『かげろふの日記遺文』を論じるⅡ―7は、生であること／生きることをレトリックとして、文学に対する両義的な価値観の持つ盲目性に注目し、二人の女が一人となることとの意味を検討する。

以上のように、物語のみならず詩をも対象とし、分析の緒としてレトリックやコンストラクションに注目することから、本書を『テクストの修辞学』として提示する。

I　認知詩学／認知物語論の試み

1　認知物語論の動向

一　はじめに

本章では、認知物語論・認知詩学を中心に物語論や認知言語学のブックガイドによって、認知物語論の問題意識の一端や物語論の持つ問題を素描することを試みる。

最初に、認知言語学・認知科学・物語論の辞典を各一冊ずつあげる。辻幸夫編『新編認知言語学キーワード事典』（研究社二〇一三・一〇）、辻幸夫編『ことばの認知科学辞典』（大修館書店二〇〇一・七）、ジェラルド・プリンス『物語論辞典』（松柏社一九九七・七）。概念の基礎的な知識の理解のためにもこれらの辞典には最初に目を通して欲しい。なお、プリンスは、言語科学の冒険シリーズに収録される際に訳語対照表を増補していて便利である。

二　認知言語学

ここでは、認知言語学を中心とする認知アプローチを概観する。

認知言語学系の概説書・翻訳は多いが全体像を概観できる比較的新しい概説書をあげる。ジョン・R・テイラー&瀬戸賢一『認知文法のエッセンス』（大修館書店二〇〇八・八）は、方法・考え方・語構成・統語・メタファー構文の観点で認知文法を整理し、基本的主張とQ&Aがわかりやすい。ロナルド・W・ラネカー『認知文法論序説』（研究社二〇一一・五）は、詳述性・焦点化・際立ち・パースペクティヴから概念を解釈し意味を記述し、記号構造や構文スキーマの集合体として構文を捉え、伝達の場であるグラウンディング要素を組み込んで捉える。また、山梨正明『認知構文論』（大修館書店二〇〇九・二）は、形態、語彙、単文から談話に至るコンストラクションをゲシュタルト性の観点から整理するが、文学テクスト構造には関心がない。レトリック分析の次の段階としてコンストラクション分析は認知物語論の方向性の一つであるが、コンストラクションとテクストとの葛藤を対象化する必要がある。これらを読んだ上でジョン・R・テイラー『認知言語学のための14章第三版』（紀伊國屋書店二〇〇八・二）や『講座認知言語学のフロンティア』全六巻（研究社出版二〇〇七・一一〜二〇一一・三）に進むとよい。

ジェフ・ヴァーシューレン『認知と社会の語用論』（ひつじ書房二〇一〇・六）は、語用論的現象は認知的であり、認知現象は社会的であるとして、社会と心とは二項対立関係にはないとする。さて、認知言語学の不得手とする伝達をカバーする認知論として関連性理論があげられよう。ロビン・カーストン『思考と発話』（研究社二〇〇八・二）は、明示性と非明示性の区別、意味の瞬間的処理等の検討をとおして関連性理論の優位性を説く。ただし、物語テクストの多義性の発生を説明する概念としてスペルベル&ウィルソン『関連性理論第2版』（研究社出版一九九九・三）が提示した詩的効果は考察の対象から外れている。一方、内田聖二『語用論の射程』（研究社二〇一一・七）は、メタ表象で発話を捉えサスペンス・ひねりを論じ、同『ことばを読む、心を読む』（開拓社二〇一三・一〇）はテクストの書き手の心を読む。

White, Hayden 1973. *Metahistory*. The Johns Hopkins University Press は歴史が前言語的な比喩的処理とプロット化によって物語化されていることを指摘したが、そうした比喩と言語の関連は認知言語学の基本的主張である。ジョージ・レイコフ&マーク・ターナー『詩と認知』（紀伊國屋書店一九九四・一〇）は、日常言語も詩的言語も同じく詩的レトリックが認知レベルで関わり、詩の概念隠喩が存在の大連鎖を構成すると説く。また、レイモンド・W・ギブス Jr.『比喩と認知』（研究社二〇〇八・六）は、認知に詩的レトリックが関わる心の詩学の立場からメタファーの概念構造説を説く。ただし、これらは言語の基本的な構造としての比喩の役割を説くもので、高度な詩的技巧を分析するには不十分と言うべきだろう。なお、リューベン・ツール『音声パターンと表現力』（鳳書房二〇〇四・三）は、認知心理学の立場でオノマトペに付随する音象徴を感情の隠喩として捉えるが、発音自体が意味を持つという発想は検討の余地があろう。

政治観のメタファー構造の分析を試みたジョージ・レイコフ『比喩によるモラルと政治』（木鐸社一九九八・七）のように、認知的な観点は物語論以外の分野でも見られる。片桐雅隆『認知社会学の構想』（世界思想社二〇〇六・七）は、自己と社会の成り立ちをカテゴリー化概念によって説明し、ダン・スペルベル『表象は感染する』（新曜社二〇〇一・一〇）は、文化の発展を、心の理論の立場から、信念・規範・芸術・習慣等の表象の感染として捉えている。

三　認知詩学

認知言語学の物語論像は、大堀寿夫『認知コミュニケーション論』（大修館書店二〇〇四・二）では、古い物語文法論的な段階にとどまっている。しかし、物語論の展開からすれば、認知言語学も自身の物語論観をヴァージョンアップする必要がある。

日本で認知物語論的な見取り図を素描した最初期の仕事の一つである井上恭英『英語の認知メカニズム』（晃洋書房二〇〇〇・一二）は、認知言語学から広範な言語事象を説明しようとしたもので、第四章はTurner, Mark. 1996. *The Literary Mind*. Oxford University Press. の寓喩による出来事の複合、Emmott, Catherine. 1999. *Narrative comprehension*. Oxford University Press. の一般・テキスト構造・特定・文体に関する心的表象による物語理解をふまえ〈序的状況＋行為＋結末〉というテクストの基本構造を抽出する、物語内容の認知的理解をめぐる試論である。

また、人工知能研究・情報工学では現実とは異なる虚構のテクストをいかに生成するかが課題の一つであった。

マリー＝ロール・ライアン『可能世界・人工知能・物語理論』（水声社二〇〇六・一）は、虚構論によるテクストの分類、言語行為論のテクスト・コミュニケーション構造、人工知能研究のプロット・モデルを提示する。一方、小方孝・金井明人『物語論の情報学序説』（学文社二〇一〇・一〇）の拡張文学理論すなわち計算論物語論の場合、語り手と聴き手のコミュニケーションが仮想的であれ成立している物語コミュニケーション状況を、①語り手と聴き手の第一次物語状況、②仮想的な語り手と仮想的な聴き手の第二次物語状況、③現実に存在する語り手と聴き手の第三次物語状況、④広告・流通に関与する語り手と聴き手の第四次物語状況に階層構造化する。この階層構造モデルも、小森モデルと同様に媒介の透明性を前提としている。また、モデルの①〜④のうち、テクスト内及びテクストに直接連なる相同的な伝達構造である①〜③の水準と、テクストをめぐる評価・力の動きである④の水準とは異質な領域に位置している。しかし、テクストの制作・伝達・受容のプロセスとテクストに対する多様な加工のプロセスを繋ぎ合わせることで、主体がネットワークの網の目の中から立ち現れる存在・機能であることを見出す可能性を同じく持つことになる。

一方、認知詩学は認知言語学・計算論物語論・認知科学をもとにしたアプローチである。

ピーター・ストックウェル『認知詩学入門』（鳳書房二〇〇六・六）は、読むための理論を目指して文体論と認知言語学を接続し、図と地・プロトタイプ・ダイクシス・認知文法・スキーマ・ディスコース・概念メタファー・寓意・テクストの世界・文学理解という観点から、テクストをカテゴライズし言語的特徴によって分析し、コンテクストとフレームの交替として文学現象を整理する認知的文学分析のツールを概説する。また、ジョアンナ・ゲイヴィンス＆ジェラード・スティーン『実践認知詩学』（鳳書房二〇〇八・三）は、図と地の関係性を注意が作る奥行き感に注目してテクストにおけるアトラクターの重層性を説き、プロトタイプによる既知の知識を利用した読解ではなく場による動的な過程として解釈を規定する。ダイクシスが空間を現実化させ、定位の認知メカニズムが抽象性へと向かい、テクストのプロファイル構造を分析し、シナリオの具現化とテクスト・タイプについて検討し、メンタルスペース理論がテクストの細部の分析には使用可能とし、概念メタファー及び混合を認知推論の基盤として捉え、テクストの寓意を論じる。さらに、テクストの世界理論で構造分析、コンテクスト・フレーム理論でひねり・どんでん返しを論じる。

ただし、『実践認知詩学』は、認知言語学的な概念の限界性を批判し代案を提示するが、実際には認知言語学より計算論的概念の限界の批判であることが多く、基本的な対立軸の設定が混乱している。例えば、ギブスJr.は、プロトタイプによる既知の知識を利用した読解ではなく場による動的な過程として解釈を規定するが、動的に変動するプロトタイプ効果の発想は認知言語学も持つ。ギブスJr.の批判は、非身体的・抽象的な計算論的な知の集合としてのプロトタイプであり、編者の判断は誤っている。

そもそも、読みの学としての認知詩学には疑念がある。テクスト制作の観点を持たなければ、理論自体の考察への関心がなければ、認知詩学は常に融通無碍な図式として図式の妥当性が検証されることもなく、新批評以来の精読のための道具として消費されるだけになるからである。もう一つには、文学研究としてのテクストの解釈は標準的な読み方をさらにメタ化してなされるものであり、そうした高次認知レベルの問題圏には『認知詩学入門』はほとんど踏み込めていない。そもそも、認知詩学は小説の認知プロセスがいかに主観性の構築に関与するかを探る点で認知科学へ傾斜するが、ピーター・バリー『文学理論講義』（ミネルヴァ書房二〇一四・四）が指摘するように、文学研究としての意義はどこにあるのかを提示できない。

四　物語論の諸相

ジェラール・ジュネット『フィクションとディクション』（水声社二〇〇四・一二）は、テクストの文学性を満たす条件・情況を物語論では叙法に求め、次いで非虚構（伝記や歴史）を作品化する力を文体に見るように、本質主義と構築主義の干渉として文学性を捉えるのだが、これは構造主義者ジュネットの現象学的傾斜を示す点で認知論と現象学との接点を考えるとき興味深い。

恐らく語りの志向性がジュネット以後の物語論の検討課題の一つである。パトリック・オニール『言説のフィクション』（松柏社二〇〇一・二）は、物語論の脱構築を通し、作中人物の意識の志向性が語り手を媒介としてどのように読者に伝わるかという問題系を提示する。また、ピーター・ブルックス『精神分析と物語』（松柏社二〇〇八・一一）は、精神分析による物語論のマニフェストであり、文学的過程・構造と心的過程・構造は一致するという前提は認知的アプローチとも類似する。ただし、性愛と身体性のいずれを基点とするか、相互交渉・主客逆転を見出すか否かに両者の違いがある。

言語学と文学研究をどのように関連づけていくかは古くて新しい問題である。斎藤兆史編『言語と文学』（朝倉書店二〇〇九・四）は、言語学と文学との接点として文体論を位置づけ、日常言語の詩学を論じるなど認知文体論を視野に入れる。一方、藤井貞和『物語理論講義』（東京大学出版会二〇〇四・八）は虚構独自の人称として物語人称・四人称を説き、同『文法的詩学』（笠間書院二〇一二・一一）は、語りの水準と自己言及的な表示の組み合わせから虚構の人称を、語り手人称・作者人称・物語人称、あるいは四人称・五人称として整理する。だが、語り手／生身の作者／作中人物を区別すれば、これほど分類しなくてもよいのではないか。たとえば、野村眞木夫『スタイルとしての人称』（おうふう二〇一四・三）は文学テクストに現れる人称カテゴリーと人称表現からテクストのスタイル（個別性と類似性）を取り出し、人称制限や二人称性などの語りを分析している。

また、山岡實『「語り」の記号論増補版』（松柏社二〇〇五・一〇）は語りの水準と時制の升目で日英の物語の伝達様式の比較を行い、語りの話法論的検討を行う同『文学と言語学のはざまで』（開拓社二〇一二・一二）は、英語の話法定義から日本語にその言語特徴が無いことをもって話法がないと統語論的に把握するが、言語の差異が方法の差異と対応してはいないだろうか。このように捉えるとき、語用論的に書き言葉と話し言葉、小説と日常会話の引用構造を、日常会話の言語運用を中心に引用論を捉え返す山口治彦『明晰な引用，しなやかな引用』（くろしお出版二〇〇九・一二）は画期的な達成である。山口氏は、直接話法／間接話法は有標であって、通常は自由間接話法が無標として多用されるという言語の動態であり、英語の場合は直接話法は自己から独立する言葉であり形態的な対立があるのに対し、日本語の場合形態的な明確な特徴が見られないのは多様な引用方法が表現的な豊かさを持つからと説く。

さて、松本修『文学の読みと交流のナラトロジー』（東洋館出版社二〇〇六・七）は野村『日本語のテクスト』（ひつじ書房二〇〇〇・一二）の描出話法や三層構造を参照しつつ、解釈の正当性の保証の具としてのナラトロジー観を批判する。一方、松下千雅子『クィア物語論』（人文書院二〇〇九・一〇）は、隠されたセクシュアリティや欲望・感情・真実をクローゼット出入によって本質・真実を明らかにする認識のイン／アウトモデルに対し、それはアウトしたい読者の欲望の投影であり、それに対抗するためにクローゼットの形成をめぐる語り手・オーサーシップ・批評とセクシュアリティの関係を解き明かすクィア・リーディングが求められるとする。

他にも演劇のナラティヴを論じる中央大学人文科学研究所編『「語り」の諸相』（中央大学出版部二〇〇九・三）、修辞的内容構成と語り・視点の構造からなる物語のレトリック理論を提示する佐藤勉『語りの魔術師たち』（彩流社二〇〇九・四）、ストーリーとディスコースの函数として物語を捉える道木一弘『物・語りの『ユリシーズ』』（南雲堂二〇〇九・六）、語りを内部観測の運動の中で動機づけられているものと捉える増田靖『生の現場の「語り」と動機の詩学』（ひつじ書房二〇一三・三）、語りを多声的な相互作用の場の中で捉える長谷川純『語りの多声性』（鳥影社二〇一三・一〇）、語りの現在を批判し語りの機能を説く橋本陽介『ナラトロジー入門』（水声社二〇一四・七）などがある。

五　日本近代文学研究の物語論

ここで、分析とイデオロギーの問題を再確認しなければならない。

小森陽一『構造としての語り』（新曜社一九八八・四）・『増補版文体としての物語』（青弓社二〇一二・一一）のテクスト論は、ロマーン・ヤーコブソンの対称性コードモデルに基づき、物語コミュニケーションの回路の中で、相互に関連する他のテクストとの交渉によってテクストの意味性を抽出するものであった。その入れ子型モデルは究極的には作者から読者に至るメッセージの伝達としてテクストを捉えると共に、その際のメッセージ内容は他ならぬ分析者のイデオロギーが投影されるという構図であった。

石原千秋『テクストはまちがわない』（筑摩書房二〇〇四・三）・『『こころ』で読みなおす漱石文学』（朝日文庫二〇一三・六）などのテクスト論は、精神分析的な葛藤・抑圧構造をモデルとして理論展開する。テクスト読解過程において断片として現象するテクストに全体として一貫する整合的な意味を見いだすことは、一つの政治的態度の表明であり、精神分析や文化研究、アイデンティティ・スタディーズの基本的なスタンスでもある。分析者は、正しい／適切な知見／イデオロギーを提出する能力と資格を持つとされる。啓蒙の無謬性の点で、石原氏のアプローチと文化研究との間にはそれほど距離はない。

それに対し、中村三春『〈変異する〉日本現代小説』（ひつじ書房二〇一三・三）は、物語を批判しつつ自らの物語化によって支持を集める物語批判論に対し、物語／小説の区分の一定の妥当性を認めつつ、何が生み出されたかに問題設定を移さねばならないと説き、物語叙述と物語内容とを接続する修辞を検討し、テクストから政治イデオロギーを抽出することを批判する。テクストは思想に対し相対的であるからだが、ここではテクストには思想の抽出がしやすいテクストとそうでないテクストがあるというジャンル区分があることになる。中村『フィクションの機構』（ひつじ書房一九九四・五）は、境界の標識は慣習的なものに過ぎないとしたが、『〈変異する〉日本現代小説』ではそれゆえにこそ標識たりうると説く。ジャンルがジャンルとして機能するには慣習の作動が重要だからである。あるテクストが政治思想を持つ／持たないとすれば、あるテクストは透明性・一義性・現前性を獲得する／しない。つまり、あるテクストは意図の透明性をもとにイデオロギーに奉仕するとし、別のテクストには脱構築を適用しイデオロギーの転覆を求める。とすれば、それは解釈フレームのテクストへの投影である。そうしたイデオロギー的転覆を読み取りうるテクストがイデオロギー的に力を持ってきたとすれば、そのことは軽視すべきではあるまい。大きな物語に代えて小さな物語の抗争が見出されるとしても、その背後には大きな物語は駆動していないのだろうか。

イデオロギーは重層的多元的に作動する。ここで、改めて物語論とイデオロギーあるいは歴史・文化・社会との関係とを確認しよう。

物語論の展開を、北岡誠司・三野博司編『小説のナラトロジー』（世界思想社二〇〇三・一）の終章はBal, Mieke 1985. *Narratology: Introduction to the Theory of Narrative.* University of Toronto Press の初版のテクスト理論から再版（1996）の物語を語る文化事象の理論への変遷を緒に、テクスト内的な方向と文化研究的な方向との物語論研究の二つの動向を簡潔に整理する。藤森清氏は、前者はテクスト解釈の多様性を競う「文芸復興」になるのに対し、後者は文学（研究）が政治性・イデオロギーとの不可分な関係の中で成立していることを問題化する契機となると指摘する。(1) 小森氏が見出す意味の現代性ではなく、意味の歴史性を仮説的に捉えていく試みである。

しかし、藤森氏は、解釈格子としての物語論の理論は不問に付したまま歴史化を行おうとした。結局、それでは理論がドグマしてしまい、同一の理論パラダイムに基づくもう一つの意味の現代性を抽出してしまう。氏の「物語論の社会化・歴史化」とは氏自身の研究の方向性の歴史化・社会化への歩みの表明にすぎない。このため、氏の関心からはずれた物語論への理論的検討は廃棄されてしまう。また、リベラリズムのイデオロギー性を語り論に指摘する氏は、文化研究のネオリベラリズムとの共犯関係には言及しない。[2] 様々な方法論的領域の是非はそうしたイデオロギー性をアナロジーで抽出することでは判断できまい。

六　認知物語論

さて、小著『認知物語論とはなにか？』（ひつじ書房二〇〇六・七）は、同『語り寓意イデオロギー』（翰林書房二〇〇〇・三）での関連性理論による伝達の推論モデルの導入をふまえ、物語表現／物語内容、視点／声を対立ではなく一体として捉え、計算論物語論から認知言語学をモデルとする認知物語論への転回を説いた。

認知物語論は、テクストを文学製作・受容者の認知過程の中で生成される認知現象と規定し、テクストと背後の認知主体の認識プロセスの相互関係を明らかにする。スキーマ、フレームが作動／反映する物語テクストの形式と意味は、認知主体のどのような認知的制約に動機付けられているかが問われる。

認知主体間で物語コミュニケーションがなされる伝達モデルでは、認知主体を根元的主体とテクスト内の焦点化子の二つのレベルで捉える。これによって、認知主体である話者が同じく認知主体である受け手に向けて事象・出来事を伝達する際に、有意味性を任意のレベルで最適化するようテクストが修辞的に組織化され、心的過程における推論によってテクストが理解される過程を明らかにできる。物語表現／物語世界の関係から図式化すれば、物語伝達の中で物語表現はテクストとして起動し、その物語表現によって物語世界が制作される構図である。

これは確固たる物語世界が物語表現として具現化される前に存在することを意味しない。予め物語世界を前提とする場合も、物語状況における語り手の社会的・対人的な役割、語り手の発話態度、視点の操作、修辞的な言語使用といった非命題的な物語表現に焦点が置かれ、他の要素は制作に際して重視されない場合もありうる。

物語表現には認知主体の物語世界の事象把握／事象構築の認知プロセスが反映している。物語世界の認知は、予め存在する物語世界を受け取ることではない。物体を見る視点を変えると物体の形がそれに応じて変化するように、認知主体と物語世界との相互作用の中で認知主体が心の中に物語世界のイメージを作り上げるのである。そうした認知プロセスとして、物語世界に視線を投げ掛け視線を移動するスキャニングをあげられる。スキャニングの際に使用しているのは、ある対象（参照点）を探索のための手がかりとして参照しながら、ターゲットに到達していく参照点能力である。

この事象把握／表象の問題系は物語の視点論の問題でもある。ここで、視点を、視覚性に限定されないあらゆる知覚・心理の認識＝表現の装置、参照点を、主体が認知する認知領域内部の基準点として視覚レベルでは視点が採用した物語世界のフレーム内で作用する視覚的認知作用の基準点と定義する。いわゆる語り手や登場人物の視点移動を参照点である焦点化子が心的経路を移動する現象と捉えるならば、話者に帰属する視点が参照点を制御することで物語表現が作られることになる。

こうした認知物語論の立場から、浜田秀・日高佳紀・日比嘉高各氏との小共著『認知物語論キーワード』（和泉書院二〇一〇・四）は認知物語論を普遍的な価値で評価し、メタファー・図と地・ダイクシス・話法・視点・語り・タイトル・主題・ジャンルのキーワードを論じた。また、浜田秀氏との小共編『認知物語論の臨界領域』（ひつじ書房二〇一二・九）は、小説の言語行為論、小説解釈とスキーマ、可能世界解釈、コンストラクション、認知のアレゴリーをとりあげた。

しかし、いかなるアプローチも、対象となるテクストを別のテクストに変換する行為とその変換の規則を必要とする。認知的アプローチが多く採用する全体論は、全体を部分の総和以上のものとして捉えるが、これは、テクストを構成する部分の分析がテクスト全体の分析とは、必ずしも対応しないことを意味する。テクスト内と外部コンテクストとの関係においても事態は同様であり、両者の間に相同性は成立しない。記号あるいはメタファー、メトニミーといったレトリックの構造が、それを含むテクスト全体の構造と相似形を為すわけではない。仮に相同性が成立するとすれば、それは相同性を見いだすフレームが、テクストにおける異物を排除し、有意味なものとして通約するのであり、相同的であることが論述の根拠になっているのではない。テクストは、そしてテクストの断片性は、そうした明察からは常に盲点として逃れていくだろう。絶えざる理論／対象分析の更新が必要なのである。

（1）「ナラトロジー論は有効か」（『国文学』一九九七・五）・「語り論」（『日本近代文学』二〇一三・一一）参照。

（2）本橋哲也「「文学研究」と「文化研究」のネオリベラルな谷間」（『英語青年』二〇〇七・一一）参照。

2　詩の隠喩構造――北村透谷『楚囚之詩』

一　詩学とは何か

詩は、ジャン・ミイーによれば、「韻文化された文学」であり、「外形からは対になる断片の立ちもどりに基礎をおく言説に配置によって特徴づけ」られ、大凡、語られた詩は「強めアクセントや脚韻や音節数のように聞き取りうる指標の立ちもどり」によって、書かれた詩は「ページ上の配置」(1)によって区別される。このテクストの断片性とその配列こそは詩を特徴づける形式上の特徴である。

詩学とは、この詩を分析するための理論であり、二〇世紀において飛躍的な発展を遂げた。ユーリイ・トゥイニャーノフ『詩的言語とはなにか』（せりか書房一九八五・四）を始めとするフォルマリズムは詩と非詩あるいはリズムの問題を取り上げ、構造主義期にロマーン・ヤーコブソンは、「メッセージそのものへの指向」(2)に言語を持つ「詩的機能は等価の原理を選択の軸から結合の軸へ投影する」(3)と説く。橋詰静子『透谷詩考』（国文社一九八六・一〇）もまた従来思想性が重視された北村透谷詩を形態＝主題に注目して分析する。また、構造主義詩学は、ヤーコブソンやイリヤ・ロマーノヴィチ・ガリペリン『詩的言語学入門』（研究社出版一九七八・八）のコードモデルに見られるように伝達のメカニズムをその理論モデルに組み込む。『文体論序説』（朝日出版社一九七八・四）から『詩の記号論』（勁草書房二〇〇〇・二）に至る非文法的な表現との葛藤詩の深意を読み取るミカエル・リファテールの読者反応モデルや、『セメイオチケ』（せりか書房一九八三・一〇～一九八四・七）から『詩的言語の革命』（勁草書房一九九一・一〇～二〇〇〇・九）に至るジュリア・クリステヴァの相互テクスト性や欲動のモデルもまた、意味生成における記号体系からもう一つの記号体系への転換をモデル化している。バーバラ・ジョンソン『詩的言語の脱構築』（水声社一九九七・三）等の詩の脱構築は詩的表現の転換に注目した分析の成果であり、日本近代詩研究で言えば、立原詩を『新古今和歌集』等の和歌を下敷きにした本歌取の詩であり虚構の自己生成性と起源の無限後退性が具現していると論じた中村三春氏の「立原道造のNachdichtung」が想起されよう。[4]

ところで、詩学は対象を詩として他ジャンルから弁別する。定義上、詩は、断片の集積・反復である。テクストの断片性は、一義的意味を確定するコンテクストがテクストの内部では充足しない。このため、詩的テクストは、それのみでは完結せず、例えば、監獄の監視システムと近代人の内面の確立を『楚囚之詩』に関連づけた尾西康充『北村透谷論』（明治書院一九九八・三）のように、テクストの外部の主体やコンテクストへの通路を必要とする。そもそも、生成される意味の全体が、断片の総和ではなく、総和以上となるのは、主体的な認知メカニズムが起因しているからである。

また、詩的言語は日常言語とは異なるものとして規定される。すなわち、詩的技法とは逸脱、反復、並行法といった手法で創意工夫をこらし、意識的・創造的に言語と意味を前景化し異化することであり、詩的言語とは自己参照的で他の言語とは違って知覚できるとされた。しかし、認知言語学の知見[5]が提示したのは、日常言語自体が隠喩や換喩などのレトリックを駆使する事で成立している事態である。

したがって、詩や詩的言語が予め存在するわけではなく、詩や詩的言語はそれを弁別する図式によって初めて作られる操作概念である。その意味で自らが用いる概念図式に自覚的であることが必要であり、それが可能なアプローチとして認知詩学を構想できよう。[6] 詩的言語と日常言語との相互性をふまえ、その表現・理解の基本的な条件を明らかにする必要がある。その点で、ジョージ・レイコフ&マーク・ターナー『詩と認知』（紀伊國屋書店一九九四・一〇）は、詩にみられる隠喩の日常的・慣習的な基盤を示すとともに、その認知構造における役割を示している。

詩は日常言語と同じ慣習的なレトリックによって表現され、日常的な慣習的隠喩が無意識的・自動的に働くが故に詩は理解される。むろん、詩は隠喩を複合的に組み合わせることで新たな意味と表現を作り出すが、それは日常言語でもなされる。隠喩とは、ある事柄を別の事柄を用いて表現することであり、起点領域からの写像関係を設定することで目標領域を理解することである。この点で、隠喩は世界を把握する新たな方法の獲得に結びつく。本章で採用する隠喩分析の方法は、これに基づいている。

二 隠喩によって示される世界

本章が分析対象に選ぶのは、北村透谷『楚囚之詩』（春祥堂一八八九・四）である。『楚囚之詩』は、従来、『シオンの囚人』との比較から独創性が、破調や恋愛観念の描写から近代性が、(7)大阪事件という背景から政治性がそれぞれ測定された。(8)それに対し、本章が行う隠喩の意味作用とそれが作り出す構造の分析は、テクストの表現性に着目した分析と言えよう。そもそも、『楚囚之詩』は、出版後に透谷が回収したため、ごく数部が流通した、言わば作者によって存在を抹消されたテクストである。その後の長い『楚囚之詩』の受容は、作者ではなく読者が自らテクストを制作してきたという事実を示している。また、『楚囚之詩』は物語詩ではあるが、そのイメージとレトリックは透谷詩の宇宙観をやはり体現している。これらの点で、『楚囚之詩』は、テクストの表意作用に即して隠喩分析を行うにふさわしいテクストと言えよう。

たとえば、『楚囚之詩』というタイトルに注目してみるならば、このタイトルは他のテクストとの相互関連の中でこの詩を読むことを指示してきた標識でもある。「楚囚」とは、文天祥「正氣歌」の一句「楚囚纓其冠」（楚人鐘儀が晋に囚われても楚の冠をつけたように、拘禁されても志操を守るという故事）を指示している。よって、この詩は、囚われても故郷を忘れず志操を守った男の物語として解釈する事ができる。そして、このタイトルが政治的故事に由来する事から、(1)の解釈が、先行研究における論点の一つとなった。現体制の存続肯定の意識の現れとする説[9]や闘争しきれなかった自己を批判する意識の現れとする説[10]がそれである。

(1)「曽つて誤つて法を破り／政治の罪人として捕はれたり」(1)

本章の立場は平岡説に近いが、中心となる主題からの周辺的な派生表現として捉えたい。なぜなら、「余」は法を破った事への後悔もしていないが、一方で闘争への意志を継続させてもいない。第十六連で恩赦された時点から余は語り手として、第一連から第十六連に至る登場人物である余の思索の経緯を語る。この間、常に余の意識を占めていたのは故郷や妻ないし神の恵みであって、この詩の主題が、政治闘争への意志／諦観ではないことを意味しているからである。[11]しかし、本章で注目したいのは、(1)もまた隠喩を介して理解し表現されることである。隠喩〈概念は物体である〉によって、物体は障害物となり、法は制約として機能する。法は壁であり、壁を破壊することで、法令違反が理解される。そして隠喩を起点領域から目標領域への写像とすれば、(1)は壁の破壊を起点領域とし、それを目標領域での法律違反に写像する事で理解される。

こう捉えるならば、隠喩が世界の把握に関わる概念装置であるように、『楚囚之詩』は世界の把握の仕方を提示する詩でもある。[12]そこで、本章では、隠喩の分析を通して『楚囚之詩』全体がどのような世界を作り上げているかを論じることにする。

三　世界の平等化

隠喩は起点領域と目標領域の間に類似性を作り上げる。『楚囚之詩』においては、隠喩の類似性を作り出す力の方向は、主に三つの方向で特徴的に働くことになる。一つは、本節でとりあげる世界の平等化である。

ここで重要な役割を果たすのは、出来事を生命・意志をもつ者の行為として捉える隠喩〈出来事は行為である〉を初めとする少数の基本的隠喩である。

まず、〈出来事は行為である〉は人間と無生物との間をつなぐ。

(2)風に妬まれて、／愛も花も萎れてけり（4）

(3)高く壁を伝ひてはひ登る日の光（9）

(2)では〈出来事は行為である〉によって、風が吹いて花が萎れるという起点領域の出来事が、風を行為体、花を被動作主とする事で風の妬みという人間的な行為として目標領域で擬人化される。また、〈概念は存在物である〉が愛という心情を実体化し、その弱まりを〈人間は植物である〉の下位隠喩〈人間の気持ちは植物の成長である〉によって表現する。(3)も〈出来事は行為である〉〈日光は人間である〉によって、光の照らす範囲の上昇が人の壁登りとして表現される。

さらに、〈出来事は行為である〉は、〈人間は植物である〉とによって人間と植物の間を、〈人間は動物である〉とによって人間と動物の間を繋ぐ。まず、前者の事例である。

(4)胸は常に枯れ、／沈み、萎れ、縮み、あ、物憂し（2）

(5)蕾の花なる少女も（1）

(6)吾が花嫁の美は、其蕊にあり（4）

(7)こは我家の庭の菊の我を忘れで、／遠く西の国まで余を見舞ふなり（8）
(8)彼の花！余と余が母と余が花嫁と／もろともに植ゑにし花にも別れてけり、／思へば、余は暇を告ぐる隙もなかりしなり。／誰れに気兼するにもあらねど、ひそひそ／余は獄窓の元に身を寄せてぞ／何にもあれ世界の音信のあれかしと／待つに甲斐あり！　是は何物ぞ？／送り来れるゆかしき菊の香！（8）

(4)では、隠喩〈人間は植物である〉が〈芽生え→蕾→開花→結実→枯死〉という植物の成長過程の中に妻を位置づけ、人の心の辛さを植物の枯れることとして描く。(5)では〈人間は植物である〉が妻の成長と共に、〈女性は花である〉が妻の美しさを花の蕾として、その未成熟を示す。また、(6)は、〈人間は植物である〉・〈女性は花である〉という隠喩と共に、もう一つの隠喩〈重要なものは中心にある〉が用いられている。それは、妻の美が外見の美ではなく別の基盤があるということであり、外見とは異なる内部の美、すなわち精神の美を意味する。「吾等雙個の愛は精神にあり」（4）での精神としての愛という見方も、この精神の美を強化する。(7)は、〈出来事は行為である〉と擬人法〈植物は人間である〉によって菊を人として捉え、外から菊の香りが入ることを、故郷から見舞いに来ることとして表現する。菊は過去や故郷から現在へとやってくる要素であり、言い換えれば現在と過去、獄中と外部を連結する要素である。そして、(8)では、かつて別れた故郷の花のイメージと、入牢によって隔たられた花嫁のイメージとが結合する。このように、〈植物は人間である〉と〈植物は人間である〉の二つの隠喩が相互に重なり合うことで、「花」と妻すなわち「花嫁」のイメージ連鎖が成立する。

次に後者の事例を見る。

(9)曽つて生死を誓ひし壮士等が、／無残や狭まき籠に繋れて！／彼等は山頂の鷲なりき、／自由に喬木の上を舞ひ、／又た不羈に清朗の天を旅し、／ひとたびは山野に威を振ひ、／剽悍なる熊をおそれしめ、／湖上の毒蛇の巣を襲ひ／世に畏れられたる者なるに／今は此籠中に憂き棲ひ！（3）

(10)能き友なりや、こは太陽に嫌はれし蝙蝠、／我無聊を訪来れり、獄舎の中を厭はず、／想ひ見る！　此は我花嫁の化身ならずや（11）

(11)此生物は余が友となり得れば（12）

(12)自由の獣……彼は喜んで、／疾く獄窓を逃げ出たり。（12）

(13)彼はなほ自由を持つ身なれば、／恐るゝな！　捕ふる人は自由を失ひたれ」（12）

(14)遂に余は春の来るを告られたり、／鶯に！（14）

(9)では、〈人間は動物である〉によって壮士と政府・政府支持者との対立が鶯と熊・蛇との対立に写像され、壮士の入獄は鶯が「籠」に入れられることとしてその不自然さが示される。(10)では、〈出来事は行為である〉・〈動物は人間である〉によって蝙蝠が花嫁に写像され、昼の太陽に忌み嫌われる夜の動物が、支配する官憲に囚われ自由を奪われた人間と対応する。〈出来事は行為である〉・〈動物は人間である〉は、(11)では人間の友として、(12)では解放を喜ぶ人間として、蝙蝠を捉える。さらに、(13)では、〈概念は存在物である〉によって、拘束された自分と拘束された蝙蝠との間に連帯感を提示する。(14)でも〈出来事は行為である〉・〈動物は人間である〉が働き、鶯が春に鳴く起点領域の出来事が目標領域では人間に春の到来を告げられることに写像される。〈人間は動物である〉と〈動物は人間である〉とが重なり合うことで両者の境界が曖昧となるのである。

〈人間は植物である〉・〈人間は動物である〉、〈出来事は行為である〉・〈植物は人間である〉・〈動物は人間である〉という隠喩のオーバーラップによって、人間・動物・植物・無生物の階層秩序が無化される。

四　損なわれた現在

ところで、『楚囚之詩』は、余が獄中に囚われるため、獄内の部屋とその外部に世界が二分される。すなわち、獄室の余の世界と同志や妻の獄室、獄外の社会、母のいる故郷などからなる世界である。この内部と外部の二元構造は、世界を暗と明、余の直接経験による現実と直接知り得ない外部への想像に分割する。「つたなくも余が迷入れる獄舎は、／二重の壁にて世界と隔たれり」（3）は、余が物理的にも精神的にも自由な「世界」から切断されている事を意味する。そこで、余は、内と外、過去と現在とに世界を区別し、自由と束縛、幸福と不幸とを思う。

(15)嗚呼蒼天！　なほ其処に鷲は舞ふや？／嗚呼深淵！　なほ其処に魚は躍るや？／春？　秋？　花？　月？／是等の物がまだ存るや？／曽つて我が愛と共に逍遥せし、／楽しき野山の影は如何にせし？／摘みし野花？　聴きし渓の楽器？／あゝ是等は余の最も親愛せる友なりし！（13）

(16)画と見えて画にはあらぬ我が故郷！／雪を戴きし冬の山、霞をこめし渓の水、／よも変らじ其美くしさは、昨日と今日、（13）

(17)想ひは奔る、往きし昔は日々に新なり／彼山、彼水、彼庭、彼花に余が心は残れり（8）

(18)嗚呼何ぞ穢なき此の獄舎の中に、／汝の清浄なる魂が暫時も居らん！／斯く云ふ我が魂も獄中にはあらずして／日々夜々軽るく獄窓を逃伸びつ／余が愛する処女の魂も跡を追ひ／諸共に、昔の花園に舞ひ行きつ（5）

(19)我身独りの行末が……如何に／浮世と共に変り果てんとも！（13）

(20)狭き中にも両世界——／彼方の世界に余の半身あり、／此方の世界に余の半身あり、／彼方が宿か此方が宿か？／余の魂は日夜独り迷ふなり！（4）

(21)自由の神は世に居まさぬ！／兎は言へ、猶ほ彼等の魂は縛られず、／磊落に遠近の山川に舞ひつらん、／彼の
富士山の頂に汝の魂は留りて、／雲に駕し月に戯れてありつらん、／嗚呼何ぞ穢なき此の獄舎の中に、／汝の
清浄なる魂が暫時も居らん！（5）

(15)は、隠喩〈出来事は行為である〉が、現在の獄中の余に問いかけられる主体として故郷を概念化すると共に、季節から動物・植物そして楽器に至る断片を余の友として主体化して、現在と切り離された過去というユートピアの実在を確認しようとする。過去の時空は、(16)で、絵画に一端擬せられつつも否定される事で、その実在と共にその美の不変性が提示される。さらに、(17)では、日々の循環によって故郷の記憶を現在化する。美の定着にしろ、日常の循環にしろ、故郷は、獄中に比して、永遠性・完全性を持った世界として提示される。(18)において、獄中の現在において引き裂かれた余と妻の魂が邂逅する場として過去の故郷が選ばれているのはそのためである。[13] しかし、現実には、獄中は故郷がもつ完全性が損傷した世界なのであり、(19)で示されるように、余は、完全性・永遠性の共同体から放逐され、余は悲嘆にくれる。この故郷の重要性と獄中の不本意さという対比を支えているのは、〈重要なものは中心である〉という隠喩である。〈重要なものは中心である〉／〈重要でないものは周辺である〉が、重要な中心とそうでない周辺として『楚囚之詩』の世界を二元化し、現在の世界が理想的状況である過去から離れているという事態を提示する。このように、『楚囚之詩』の隠喩の類似性の力が生む二つめの作用は、世界を二元化していく力である。したがって、(20)を佐藤氏は、「記憶を現在化することで、「両世界」がやはり一つの世界であることを確認して安心しようとするのだ[14]」と述べているが、ここで大切なのは、両世界の内のどちらが「宿」であるのか、すなわち重要な世界、中心の世界がどちらなのかという選択が試みられている点であり、背景的に〈重要なものは中心である〉という隠喩が作動している点である。

ところで、現在には自由が存在しないと主張する(21)は、外部の人間社会にも獄舎にも自由の神は存在せず、山野そして精神世界に存在するという「価値の転倒[15]」として捉えられてきた。だが、〈重要なものは中心である〉及び〈概念は物質である〉という隠喩によって、中心として想像された過去にこそ自由があり、周辺である現在には自由がないという構図が浮かび上がる。この自由観は自由民権期の自由観を受け継ぐものである。

(22)夫レ人類ノ天地間ニ俯仰棲息スルヤ一ニ弁舌ヲ以テ其感情ヲ発表セザルハナシ、蓋シ下等動物ト雖ドモ音声ヲ以テ其情慾希望ヲ発露セザルニアラザレドモ能ク精密ニ相互ノ感情ヲ訴ヘ以テ其所思ヲ応答交換シテ余蘊ナキハ唯リ人類特種ノ性質ニシテ天賦自然ノ作用ニ生ズルモノト謂ハザルヲ得ズ[16]

(23)人民は（略）慣習第二の性となり唯々諾々誰れ一人固有の権利を回復さんとその裁判を公明なる皇天上帝に訴ふる勇気なきが如くに見ゆる[17]（36）

(22)では言論の自由が人の身体的機能・本質の点から捉えられ、過去に持っていた本質的自由を政府に奪われたために現在では人は抑圧され、それが慣習化している現状が(23)で示される。自由民権期の自由とは、自由は未来に新しく獲得されるものではなく、過去に戻って回復されるものである。また、『楚囚之詩』においても、(9)では、かつての自由独立の振る舞いと、今の拘束・抑圧という対立の構図が提示される。その故にこそ、余は、重要なもの、すなわち過去を回復しなければならないのである。

余は時に絶望にしつつも、「いつかは春の帰り来らんに、」（14）と〈出来事は行為である〉によって春を擬人化し、厳しい現状とは異なる完全なる理想的共同体への回帰を志向する。結末では、「門を出れば、多くの朋友、／集ひ、余を迎へ来れり、」（16）と、その完全なる世界を迎えられようとする。そして、恩赦後、「余が最愛の花嫁は、／

走り来りて余の手を握りたり、／彼れが眼にも余が眼にも同じ涙／先きの可愛ゆき鶯も爰に来りて／再び美妙の調べを、衆に聞かせたり」（16）と、「余」は妻と鶯との再会を果たす。

「我妻は此世に存るや否？／彼れ若し逝きたらんには其化身なり、／我愛はなほ同じく獄裡に呻吟ふや？／若し然らば此鳥こそが彼れの霊の化身なり。／自由、高尚、美妙なる彼れの精霊が／この美くしき鳥に化せるはことわりなり、」（14）

この鶯は、獄中では(24)とあるように、鶯は妻の化身であり、妻は「自由、高尚、美妙」の精霊であった。「余」は妻・鶯と再会する事で、象徴的に自由の回復を達成する。すなわち、『楚囚之詩』においては、奪われた自由の回復と、引き離された妻の回復とは同義である。ここには、政と性の一致[18]あるいは民権期にありふれた〈政治的目標は女性である〉という隠喩が構図としてある。

五　世界を繋ぐもの

『楚囚之詩』の世界において、空間的な内／外、時間的な過去／現在という二重化された世界は、表層的ないま・こことは異なる内実の側にこそ完全性がある。『楚囚之詩』は、閉ざされた空間の中にいる余が、その外部空間といかに接続・交渉するかを物語展開の駆動力とする。しかし、『楚囚之詩』においても、「恨むらくはこの香」（8）とあるように、「昔を取り戻したいのに、それが不可能なことからくる喪失感」[19]が描かれる。現在のこの不完全な世界にあっては過去の完全な世界に到達する事は叶わないように余には思える。そもそも、知覚の対象となるのは物事の外側であり、その本質は本来的には接近はおろか知覚不能のはずである。隠喩の類似性の力が生む三番目の作用は、この異なる世界に到達していく力である。

そこで使われるのが〈視ることは力である〉〈精神は空間を移動する身体である〉の二つの隠喩である。

(28)嗚呼余の胸を撃つ／其の物思はしき眼付き！（4）

(29)左れど其壁の隙又た穴をもぐりて／逃場を失ひ、馳込む日光もあり／余の青醒めたる腕を照さんとて／壁を伝ひ、余が膝の上まで歩寄れり（3）

(30)曽つて万古を通貫したるこの活眼も（2）

(28)では、目付きという視覚が撃つという触覚をもたらしている。ここでは〈見ることは触れることである〉という隠喩が働いている。目が手と見なされ、触れるものが視覚の対象となる。また、(29)は、〈出来事は行為である〉が日光の照射を人の動きとして捉える。さらに、この詩行では「もぐり」「伝」うという触覚によって光度という視覚が捉える〈見ることは触れることである〉が作動している。また同時に、それは見る者から見られるものへの力の行使を含意する。視る力すなわち〈視ることは力である〉という隠喩がそれを支えている。視る力は現在の事象だけではなく、(30)とあるように、かつては永遠にも到達する事ができるものであった。ここでは、眼という部分によって「余」の精神という全体を表す換喩、過去から今に至る時間を空間として捉える〈時間は空間である〉、その空間を自らが移動する〈精神は空間を移動する身体である〉が働いている。

(31)若き昔時……其の楽しき故郷！／暗らき中にも、回想の眼はいと明るく、（13）

(32)常に余が想像には現然たり、／羽あらば帰りたし、も一度／貧しく平和なる昔のいほり。（13）

(33)想ひは奔る、往きし昔は日々に新なり／彼山、彼水、彼庭、彼花に余が心は残れり（8）

(31)は、明るい過去と暗い現在を対比し、回想によって獄中の現在から過去の故郷へという力の流れが示され、〈精神は移動する身体である〉によって、(32)では余の過去への回帰願望が示され、(33)では余は故郷に止まる。また、〈精神は移動する身体である〉は、(21)でも同志の魂の浮遊として、(20)でも獄舎の自室と妻の場所の間を余の魂の移動として、(18)では余と妻の魂の故郷への移動として示される。

以上が、余が現在から過去へと遡行するベクトルであるのに対し、菊の香・蝙蝠・鶯からなる音信のモチーフ[20]は過去や獄舎の外から余の元へ接近するベクトルを持つ。もちろん、正しく言えば、音信のモチーフは、〈精神は空間を移動する身体である〉と〈出来事は行為である〉によって、過去や獄外から余のもとに訪れるものとして余が把握した事態である。前引の(20)〜(21)は菊の香の事例、(10)〜(13)は蝙蝠の事例であり、ここでは鶯について見ていきたい。

(34)梅ならば、香の風に送らる可きに。／美くしい声！　やよ鶯よ！／余は飛び起きて、／僅に鉄窓に攀ぢ上るに——／鶯は此響には驚ろかで、／獄舎の軒にとまれり、いと静に！／余は再び疑ひそめたり……此鳥こそは／真に、愛する妻の化身ならんに。（14）

(35)卿の美くしき衣は神の恵みなる、／卿の美くしき調子も神の恵みなる、／卿がこの獄舎に足を留めるのも／また神の……是は余に与ふる恵なる、／然り！　神は鶯を送りて、／余が不幸を慰むる厚き心なる！／嗚呼夢に似てなほ夢ならぬ、／余が身にも……神の心は及ぶなる。（14）

(34)では、美しい声を持つ鶯が梅ではなくわざわざ余に近い獄舎に留まる点で余は妻と鶯を同一と見なす。ここでは、〈出来事は行為である〉によって鶯の接近が人の意志として、外面・行為が本質を表すという換喩的図式によって鶯の美声と妻の美が結びつけられ、〈生物は感情を入れる容器である〉・〈精神は空間を移動する身体である〉によって鶯の接近が妻の気持ちの現れとして捉えられる。そして、(35)では、〈幸福は神の恵みである〉という図式によって、鶯＝妻の容姿・声の美質を神の恵みであり、妻が獄中に現れたことも神の恵みとして捉える。外部の表層を支える内部の深層という換喩的図式がここでも作動する。また、(24)でも同一の換喩的図式によって、精霊という内部と鶯という外部の対応が示される。この妻と鶯の同一性の原理として属性の共通性と輪廻転生が示される。自由のために戦い、美しく、高尚な精神・愛を持つ妻と、自由に飛び、美しい外見を持ち、余を慰める心を持つ鶯との間に属性の類似が確保され、妻が死後に化身して余を訪ねたものとする。鶯は妻であるが故に、余には鶯の「歌の意」を「皆な余を慰むる愛の言葉」として「解き得る」(15)のであり、それが神の恵みであるが故に余には鶯は妻の化身のみならず「神の使」(15)なのである。蝙蝠や鶯の来訪や結末の恩赦は、後述する、この神の恵みによって現れる。

六　世界秩序の再編成

これまで見たように、余は隠喩によって既存の知を投影し未知ないし直接知り得ない世界を理解＝構築する。その点で、余が用いる「あらゆる現実を「幻視」するという荒技」[21]は、一般的な事態認知のメカニズムと同種のものである。ただし、隠喩による理解は常に正しいわけではない。

(36)「嗚呼！　是は一の蝙蝠！／余が花嫁は斯る悪くき顔にては！」(12)

(37)「鳥の愛！　世に捨てられし此身にも！／鶯よ！　卿は籠を出でたれど、／余は死に至るまで許されじ！／余を泣かしめ、又た笑ましむれど、／卿の歌は、余の不幸を救ひ得じ。／我が花嫁よ、……否な鶯よ！」(15)

(38)「お、悲しや、彼は逃げ去れり／嗚呼是れも亦た浮世の動物なり。／若し我妻ならば、何ど逃去らん！」(16)

(36)では、外的な美という妻の属性の欠落を蝙蝠に見出すことで、余は妻と蝙蝠の同一化を否定する。(37)では、籠の外の鶯／獄中の余の現実が、許された鶯と許されない余という対比を生み、許された者には余の不幸を救えないという余の判断が妻と鶯の同一視に亀裂を生じさせる。さらに、(38)では鶯が余のもとを去ることで、妻との永遠の結びつきという属性が失われ、鶯と妻との同一化が幻想であるとの自覚を得る。余は、事態認知と認知環境との相互交渉によって概念図式の適用を廃棄する。[22]

この意味を考えるために『楚囚之詩』の階層秩序を整理する。

(39)嗚呼楚囚！　世の太陽はいと遠し！(2)

(40)ひと宵余は早くより木の枕を／窓下に推し当て、眠りの神を／祈れども、まだこの疲れたる脳は安らず、(11)

(39)は、〈操られるものは下である〉・〈自由がないことは下である〉が働き、太陽との距離の遠さによって収監された余が下であることを意味する。同様に、(9)では、〈自由は上である〉によって、自由で善である鶯は上空にあり、威圧的で害毒である熊・蛇は空の下にいる。(35)では〈安寧は富である〉[23]が働き、安寧が増す事が利益になるのであり、そうした利益をもたらすことが恵みである。そして、〈恵みを与えるものは上である〉／〈恵みを受けとるものは下である〉によって、神が上に、余が下に位置づけられる。(40)では、〈操るものは上である〉／〈操られるものは下である〉によって、神が上に、余が下となる。余に恵みを施すとしても、余の願いを神は必ずしもかなえる訳ではない。

さて、第三節で見たように人・動物・植物・無機物の間の階層的な秩序は一端平等化され、第四節では余が表層的に接触できる世界を越えた本質的な世界への回帰が志向される。そして、第五節で見た音信のモチーフとして、余のもとを訪ねる獄室外の要素は神によって恵与される。これを図式化すれば、(41)の三元構造として整理できるだろう。

(41)獄室・現在：余⇕室外・故郷：妻・同志・香・蝙蝠・鶯⇕高次の世界：神

すなわち、存在の階層秩序が平等化される一方で、神のみが高みからこの世に恵みや苦しみを与えるという新たな階層化が進められるのである。

とすれば、第五節及び第六節冒頭で見られた隠喩の適用とその廃棄は、次のように説明できるだろう。神は人である余よりも高次の存在である。そして、神の恵みは上位の価値を持った対象として解釈される。余にとって、神の恵みは人知を越えたものである。ここから、自分よりもレベルの高い神の恵みあるいは神の意志は、全知全能ならぬ余には容易に掴みきれないという解釈が導き出せる。『楚囚之詩』において、隠喩の作動は、正しいものの見方を知っていれば、外見・外部から本質を決定できる事もあるが、それは多くの場合困難なのである。その故にこそ、人は目の前にあるものを努めて理解しなければならないという含意が生まれるのである。

七 今後の展望

レイコフ&ターナー『詩と認知』が概念隠喩の作動の機構について考察にしたのに対し、本章では隠喩の意味作用と組み合わせが『楚囚之詩』の世界をどのように作り上げるかを素描した。結論を要約する。

『楚囚之詩』では、〈出来事は行為である〉及び〈人間は動物である〉・〈人間は植物である〉が人・動物・植物・無生物の間の階層的な秩序を崩し、〈重要なものは中心である〉が余が表層的に接触できる世界を越えた本質的な世界を存在させ、〈視ることは力である〉・〈精神は移動する身体である〉が世界間を越える音信のモチーフを比喩的に保証する。もちろん、隠喩によって作り出された判断は、認知環境に応じて刷新される。『楚囚之詩』では、頂点に位置する神が、閉ざされた余の元に様々な恵みを差し向ける構造として、新たに再秩序化がなされる。余の苦しみも下位にある人が上位の神の真意を理解できないためであるが、最終的には真善美が一体化する事で世界から祝福される。

むろん、隠喩の意味作用として本章で扱った解釈は、テクストに表示されているレベルから推意のレベルに渡り、解釈抽出にはより慎重な手続きを明示する必要がある。さらに、隠喩だけで詩の全てが説明できるわけではなく、それがカバーするのは詩の意味と表現のごく一部の側面である。したがって、認知詩学への階梯を進むには、詩の機構のさらなる解明の作業が不可欠となるが、それらは今後にゆだねざるを得ない。

（1）『テクストの詩学』（行路社一九九八・五）二七九〜二八〇頁。
（2）『一般言語学』（みすず書房一九七三・三）一九二頁。
（3）『一般言語学』一九四頁。ロマーン・ヤーコブソン&クロード・レヴィストロース「シャルル・ボードレールの「猫たち」」（『詩の記号学のために』書肆風の薔薇一九八五・七）は形式レベルの特徴を象徴レベルの解釈へと投影させる等価の原理を用いた分析と言えよう。

（4）『フィクションの機構』（ひつじ書房一九九四・四）。

（5）山梨正明『ことばの認知空間』（開拓社二〇〇四・一二）、吉村公宏『はじめての認知言語学』（研究社二〇〇四・一二）、『認知言語学論考4』（ひつじ書房二〇〇五・六）等。

（6）散文分野の認知文学研究については、小著『認知物語論とはなにか？』（ひつじ書房二〇〇六・七）参照。なお、同書Ⅳ—2で透谷「蓬莱曲」を素材に心の位置について論じた。

（7）平岡敏夫『北村透谷研究第三』（有精堂一九八二・一）参照。

（8）小澤勝美『透谷と漱石』（双文社出版一九九一・六）参照。

（9）代表的なものとして平岡『北村透谷研究』（有精堂一九六七・六）参照。

（10）代表的なものとして小澤前掲書参照。

（11）『透谷詩考』は「故郷を忘れえぬ心情」とし、佐藤善也『北村透谷』（翰林書房一九九四・六）は「回想する「余」と回想される「余」とは異質な存在ではない」とする。

（12）その意味で、橋詰「『楚囚之詩』」（『透谷と近代日本』翰林書房一九九四・五）が指摘する知覚動詞や「叙事的縷述の動詞」の多さは、「叙事としての『楚囚之詩』の成立」ではなく、むしろ「内観のプロセス」、本章の立場で言い換えれば事態概念の記号化という認知過程にこそ注目しなければならない。ただし、語り手が事態をどのように解釈して概念化し記号操作したかという問題構成は、本章では部分的にしか具体化できない。

（13）佐藤前掲書は「故郷と花嫁とは常に結びつき、そこには「余」のかつて有した愛の記憶がある」と指摘し、前掲『北村透谷研究』も「観念世界には、「故郷」があり、そこに「花嫁」・富士山らがふくまれ、それらは自由民権運動期を生きた「少かりし時」に結びつく」という。

（14）佐藤前掲書一二頁。

（15）『透谷詩考』三三頁。

（16）馬場辰猪『雄弁法』（朝野新聞社一八八五・八）。

（17）宮崎夢柳「仏蘭西太平記鮮血の花」（『自由燈』一八八四・五・一一～七・二七）。

（18）「甘き愛の花嫁も、身を抛ちし国事も／忘れはて」（10）という恋愛と政治の理想の挫折もそれに当たる。

（19）桶谷秀昭『北村透谷』（ちくま学芸文庫一九九四・一〇）七七頁。

（20）橋詰氏は「「菊の香」から「蝙蝠」へと形を変えた音信のモティーフこそ、なお絶ち難い外界への想いとなって釈放への夢を支えるものである」（「『楚囚之詩』」）と述べる。

（21）伊東貴之「魂という牢獄」（『国文学』二〇〇二・一）四二頁。

（22）「斯く余が想像中央に／久し振にて獄吏は入り来れり。」（16）という記述もまた、余の事態認知が状況に応じて修正される事を意味する。

（23）ジョージ・レイコフ『比喩によるモラルと政治』（木鐸社一九九八・七）参照。

3 仮想の視線移動――宮沢賢治「やまなし」

一　仮想の視線

一九世紀に空間と時間を変容させた輸送・建築・映像の装置は、視覚と身体的移動の関係をも変化させ、現在における現実感の喪失と現実における時間間隔の喪失を生み出した。

モダニズムを本質を持たずに絶えず世界の最先端へ直結しようとする運動として捉えるならば、時間と空間とが短縮・圧縮された表層的な視界を眺めて先端に位置する自分を演じる都市の遊歩者は、模倣によって主体化する。この主体化は、現実ではなく模倣による虚構空間で遂行されるたる自分自身を異化する感覚と繋がる。商業都市は現実と直結しない抽象化された〈外国＝未来〉を街の表層に映し出すことで空間を異化し、そうした空間を遊歩することは誰かを見ることが誰かになることであるという〈眺める＝演じる〉身体感覚を伴うことで自己離脱が果たされる。

〈眺める＝演じる〉という二重性は、仮想の視線の移動によって「根拠や本質に結び付けられた何者かであることが避けられ、むしろイミテーションとなること、他の者に自分を重ね込んでいくことが望まれて」おり、「遊歩と錯覚と自己離脱が、空間と欲望と行為における虚構性の過剰化によって重ねられていく(1)」のである。

さて、写真は、過去を現在へと運び、遠くを近くに運び、小さなものを拡大する仮想の視線をもたらした。そして、幻燈や映画は、「写真術の仮想の視線を拡張し、仮想の移動性を供給(2)」した。仮想の視線とは「直接の知覚ではなく、表象を介して受け取る知覚(3)」である。パノラマやジオラマ、幻燈、映画は、鑑賞者＝主体を移動させることを意図し、想像上の時間的・空間的な移動の幻想を与える。想像上の別の場所や時間を想像上の遊歩と共に移動するまなざしは、都市にいながらにして異空間を鑑賞・消費する遊歩者のそれに匹敵する。特に映画や幻燈などのスクリーン・エンターテイメントは、「観客が比較的動かないという特徴に依拠したもので、観客は虚像があたかもそこに存在するかのような臨場感をもったイリュージョンを満喫」(4)した。

幻燈は、映写されたスクリーンに対して弁士が解説を加える。当時の映画が白黒なのに対し幻燈はカラーであり、素材は可動可能なものもあった。(5)この点で、幻燈は、スクリーンに形態を定着しつつ運動の可能性を保ち、動き続ける世界の事物が色という力に変わって投影されたものである。色は題材に当てられた光とその影によって輪郭が作られ、映画のリアルな事物の表象に対し幻燈では事物はデフォルメされて表象される。

アン・フリードバーグは、映画の観客の様態として、①暗い室内で投射された明るい映像、②不動の観客、③同一のものをみること、④観客とイメージの間の相互作用の不在、⑤フレームに納められたイメージ、⑥平面スクリーンの六点をあげる。(6)こうした受動的なオーディエンスによる視線の移動は幻燈でも同様である。映画や幻燈は、暗闇の空間の中で幻燈を鑑賞するオーディエンスと、別の場所と時間の「現実のような」眺めの提示という組み合わせによって生み出された時間と空間の全感覚を失わせるスペクタクルを提供した。(7)

宮沢賢治テクストの幻燈も異空間への仮想の視線の移動が描かれる。

(1)くらかけ山の下あたりで／ゆつくり時間もほしいのだ／あすこなら空気もひどく明瞭で／樹でも艸でもみんな幻燈だ（「小岩井農場」パート一）

(2)あのイーハトーヴォのすきとおった風、夏でも底に冷たさをもつ青いそら、うつくしい森で飾られたモリーオ市、郊外のぎらぎらひかる草の波。またそのなかでいっしょになったたくさんのひとたち（略）、いまこの暗い巨きな石の建物のなかで考えていると、みんなむかし風のなつかしい青い幻燈のように思われます。（「ポラーノの広場」）

(1)は「空気がひどく明瞭」であることで通常とは異なる世界が幻燈と呼ばれる。(2)は、現実の過去が「青い幻燈」として「むかし風」という虚構世界に置換される。吉江久弥氏は、「通常見慣れている筈の風景や人物等が、冷たいまでに澄んで透明な明るい空間で驚くばかりに鮮明な姿を見せるとき、賢治はそれを「幻燈」と呼ぶのである。そして賢治のそれは動く絵画なのである。つまり言葉で描かれる幻燈なのである」[8]と述べているが、ここでは仮想の視線の移動、異空間への参照点移動に注目したい。幻燈は暗い場所から現実の時空間の感覚を失わせる別の時空間の現実のような眺め、スペクタクルを提供する。

本章は、幻燈における仮想的な移動の視線が作り出す虚構の世界像の一つを考察することを目的とする。その対象には、宮沢賢治「やまなし」（『岩手毎日新聞』一九二三・四・八）がふさわしい。なぜなら、「やまなし」は、冒頭の「小さな谷川の底を写した二枚の青い幻燈です」と、結末の「私の幻燈はこれでおしまひであります」の語り手「私」の言葉に、本編たる五月と十二月が挟み込まれる額縁小説であり、「やまなし」の額縁は幻燈の表象という枠組みを提示するからである。

従来、「やまなし」は対比のレトリックが注目されてきた。例えば、甲斐睦朗氏は、生きるために殺す存在／死んで生を与える存在、五月の昼の日光の下での動的世界／十二月の夜の月光の下での静的世界、水面の上／水面の下、やまなしが落ちる川の上流（過去）／やまなしが酒になる下流（未来の時間）を対比させ[9]、栗原敦氏は、「「五月」の動き、色に対して、「十二月」では音と「匂ひ」が特徴的である」[10]と指摘する。こうした対比は時間的変遷と共に登場生物の成長を示すとされた。花田俊典は、表現力や思考力の差から幼い弟の知の単純さに比して兄は複雑な知を持ち早く成長しており、父蟹は兄弟よりは世界の知識を持ち、兄の疑問に解答を与え二匹を導くと指摘する。[11] 小埜裕二氏は、〈兄弟の会話→侵入者→父の助言→流れる存在〉という構図を二つの場面が共有し、父の美の提示が兄弟には通じないため、美は無垢の喪失で獲得されるが自然は無垢を維持すると論じ、[12] 日置俊次氏の水は羊水であるという指摘[13]もこれに呼応しよう。

さて、兄弟の成長は五月と十二月の対比で描かれるが、子どもから大人への成長の直接描写がないために大人と子供は断絶と捉えられ、その両項を無垢と美とに割り当てたとき無垢は美へと成長しないと理解される。だが、父・子と美・無垢とは完全対応するだろうか。また秩序の維持は自然や母によるだろうか。「やまなし」を複数の観点が拮抗する断片性の総和であるモンタージュとして捉えるならば、二つの場面しか描かれないことは事象の集約による「意味の暗示」[14]、すなわち全体性の創発なのではないか。本章は、幻燈というスクリーン・メディアの機能とモダニズムの関連から、テクストの意味づけを試みるものである。

二 幻燈のフレーム

「やまなし」の幻燈は、1）語り手の顕示化、2）境界設定の再帰性、3）明滅としての統合というフレームを構成する。

1）語り手の顕示化。「やまなし」は語り手によるスクリーン提示の顕示化である。語り手は一方的に場面を語り、聴き手の反応は示されない。登場人物側からの世界への知覚は直接・間接に引用されて世界・場面への語り手の説明・描写の中に統合される。顕在的な語り手の位置と幻燈の画面を作り出す光源の位置を等しいと捉える日置氏は、読者が光に同化すると指摘するが、[15] 画面内外の語り手や蟹のまなざしの方向性は異なり、画面内の語り手や蟹は仮想の視線移動である画面外の語り手のまなざしの参照点として機能する。

2）境界設定の再帰性。境界設定は問題意識の提示のために二項を対比・区別するが、提示された両者の関係性は受容の水準で改めて問い直される。汚れ無き美的知覚に基づく芸術のための芸術の完成という境地に至るロマン主義的な美の観察という把握は、再検討される必要がある。幻燈と幻燈の外側との、子どもと大人との、無垢と汚染との断絶は相互浸透している。1）の帰結として、映写される画面と画面の外、虚構と現実とが区切られる一方で、虚構と現実との接続回路が形成される。幻燈は、都市の鑑賞者に自然を提供し、現在に伝統を接続する。

3）明滅としての統合。これは本編部分を幻燈のスクリーンの中での光の動き、明滅の反映として捉え、対象自体よりは対象の明滅、交替という媒介過程を表象する。本編が二つの場面、相反する要素の結合によって構成されるのはそのためである。言葉は、知覚の抽象化や言葉の比喩的な用法によって事物を間接知覚させ、対象は対象自体ではなくフレームを媒介して初めて目にふれる。ミハイル・ヤンポリスキーは、「隠喩は事物に到達しうるわけではないが、明滅という独特の体制をつくりだす。その体制において、あらゆる記述された事物は事物そのものではない。事物に接近しようとする試みが、フィギュールの絶えざる力動的交替を導く」[16]と述べている。だが、光と影、語り手と画面のように事象が二分されても、それらは最終的に一つのものとして統合されて表象される。光源から全体を断片化しつつ一として統合して形象する明滅のフィギュールが幻燈の中心である。

「やまなし」で形象されるのは蟹の親子の物語の映し絵である。それは事実そのものではなく光で映し取ったものであり、五月と十二月という一年の一部、しかもその月のわずかな時間という断片を切り取り、日光（五月）と月光（十二月）、黄金色と青白色との二つの光によって構成されたモンタージュである。

さらに、明滅のフィギュールの観点からクラムボンを説明できよう。クラムボンにはアメンボ説・小生物説・蟹語説・母蟹説・蟹の泡説・光説・解釈不能説など諸説があり、[17]中でも泡説が有力である。クラムボンは五月にだけ登場し子蟹のみが名指しつつ語り手は泡や光の網などの記述を行い、十二月では泡として現象が捉えられている。

河内昭浩氏は「何かが明滅するイメージ[18]」として捉え、日置氏はクラムボンの笑いと死を太陽が輝く／雲に隠れることに対応する「川底から見える太陽の呼び名[19]」説を提示する。そこで、本章では、蟹の吐く泡に水面からの強い日光が投射されて水底の子蟹に届くという現象としてクラムボンを把握したい。蟹と泡と水面との位置によって映る像が変化し（「笑った」）、蟹から泡として生じ水面まで移動し水面の波によってゆらぎ（「かぷかぷ」）、水面と泡との間を通過し泡に衝突する魚によって破壊・遮蔽され（「殺された」「死んだ」）、死んだあとに笑う理由が説明できるからである。

二枚の幻燈は、対比を示すと共に躍動する生命を描く暖かな五月にも冷たい死があり、静寂な冷たさの中の十二月にも生命の恵みがある。光と影が同じものの両面として切り離せないように、二枚の幻燈はお互いなくしては成立しない。二項対立は障害としての共存を提示する。ここで、「春と修羅序」で「わたくしといふ現象は／仮定された有機交流電燈の／ひとつの青い照明です／（略）／紙と鉱質インクをつらね／（すべてわたくしと明滅し／みんなが同時に感ずるもの）／ここまでたもちつゞけられた／かげとひかりのひとくさりづつ／そのとほりの心象スケツチです」（「春と修羅序」）と規定される心象スケッチを想起することができよう。心象スケッチとは、明滅する様々な景物の言説の断片を集積して構築される現象を青い光で投影して詩とすることである。ただし、様々な景物との出会いを映像の中に取り込む心象スケッチは賢治テクスト全体に適用され、外界のスケッチと「心象」の函数によるモンタージュとして捉えられる。[20]

「やまなし」は、複数の視点、複数の視野、複数の言説によって断片がモンタージュされて全体が構成される心象スケッチに数えられよう。金戸氏も、「やまなし」を虚無へとむかうエロスとタナトスの融合した「私」の心象スケッチと捉える。[21]「やまなし」での幻燈による断片のモンタージュは、「一時的なもの、うつろい易いもの、偶発的なもの」と「永遠的なもの、不易なもの[22]」との混淆である現代性の実現でもある。川底の自然は近代的な幻燈のスクリーンであり、川底はやまなしやかわせみ、蟹が存在する古き日本の自然であるだけでなく、クラムボンが笑いイサドの存在する無国籍的・コスモポリタン的な世界でもある。自然は機械の函数として提示され、現象をその両面性から捉えることを必要とする。モンタージュは自然をいわば現代的な認識のもとに構成する手法なのである。

三　プリミティヴと危機

こうした統合・結合によって、「やまなし」は日常的認識に再考を迫っていく。モダニズムは日常性を問い直すことで人間を相対的な地位におくが、「やまなし」もそうした日常性の相対化による人間性の再構築として捉えることができるのではないか。例えば、因果関係によって連続する日常的な時間の歴史に対置されるのは、象徴的な本質的価値である。「やまなし」の二枚の幻燈によって示される非連続的な切断された時間は永遠ではなく「これらの価値の、与えられた共同体あるいは「世界」に対する本質的・根本的意味合い」(23)を持つ。蟹の家族のあり方が世界の意味を開示するのである。

蟹の兄弟と父の触れあいは、接触・集合による回想された家郷を仮想の視線によって形成している。小さな家族が共同体として描かれるとき、それはテクストの外側の共同体の最小単位として表象される。人間ではないが、あるべき姿として始原の意味を持つ蟹の家族は、モダニズムの「太古への回帰」(24)とその解釈という逆説をもたらす。蟹の世界は人類の外部である原始的、現代以前の起源的な世界として、現代人の生活世界から離れつつも現在にも通じつつ、現代人の所属する文化圏とは空間的に離れているが別の人間世界を感じさせ、時に人間とは異なる異質性から不安や畏怖を感じさせる。「やまなし」は家族を現代的な言葉で表現し、それによって家族とは何かという空虚な構築物を表象する。共同体の基礎を語るとき、「失われた統一体へのノスタルジア、ファシズム的退行」(25)が作用する。この点で「やまなし」の家族の世界は、現代世界の起源であり他者である世界との接続と葛藤によって現代の象徴体系を更新するプリミティヴィズムの世界である。[26] 家族は「象徴交換の主要な媒体」として「逸脱しようとするいかなる気力も家族そのものへと変換してしまい、全ての不安と願望を、家族そのもののサイズへと拡大するか縮小する」[27] 機能を持つ。描かれた現実は、現実の世界ではなく、ノスタルジアをこめて創造されたプリミティヴなものである。

補足すれば、モダニズムにおいてノスタルジーは、言語やイメージによって世界が構築されリアルへ真に到達できないために生じるのではない。そうした見解は、かつて対象が実在したというナイーブな世界観を前提としている。イサド解釈にも類似した指摘が可能だろう。イサドは童話「種山ヶ原」の「伊佐戸」や江刺市の岩谷堂が想定され、他にも遊園地やイニシエーションの場所とする解釈が提出されているが、本章では実体の存在しないカタカナ語であることに注目したい。イサドとはテクストでは本質が存在しないにもかかわらず本質と見なされた価値がたちあがることの象徴なのである。

ところで、「やまなし」の家族には女性は含まれない。それは語り手の提示する共同体・文化にとって女性が脅威としてあり、あるべき共同体と真正でない共同体との間に境界線が引かれているためであり、「やまなし」では男性こそが共同体の本質として構築されるのである。女性的なるものは、「接近してくる非形式的なものの脅威」[28] として表象される。形式とはある種の反復であり、反復から逸脱する要素が非形式的なるものである。むろん、非形式とは個別特定の形式ではないという意味で、形式をもたないのではない。したがって、男達の生の持続とは異なる死や果実や花といった生産は女性的なるものの象徴としても解釈できよう。

カワセミや魚は死をもたらし、やまなしは実りであるが一方で元の個体から切り離される。やまなしやカワセミ、魚は生命の危機の徴である。これを共同体の存続に置換してみよう。死や共同体の秩序を破壊する可能性のあるものは、共同体の外部（内部にあっても外部化される）にあって内部を脅かす。しかし、それによって共同体を再形成する点で、危機は再帰的に共同体を形成する。その意味で共同体にとって危機は内在している。モダニズムにおいて「危機」が「不可避的に中心[29]」となるのはこのためである。

危機は他者との出会いを招来し、コスモポリタニズムは世界を背景としてグローバルな人的・物的・経済的諸力が流入する場であるメトロポリスの知覚を普遍化する。共同体の構成員の経験は危機を横断し危機にさらされることで崇高性を獲得する[30]。「やまなし」では、危機は集中した状態を作り出し、生の軌跡を五月と十一月という半年間、しかも二枚の幻燈として時間と空間を圧縮することで、危機との出会いが増幅されるのである。

最後に、危機、他者との遭遇を幻燈のスクリーンの境界設定機能をふまえ再考する。

幻燈は、世界の全体像の代わりとしての画面を提示すると共に表象不可能性自体を体現する。「私」が見ている本編の蟹の世界は「私」にとって可視的なものだけで一つの閉じた全体を構成しておりテクストは統一性を持つが、そこにはそれを見ている「私」は存在しない。全てを見る者は例外化され自分自身を見ることができず、「私」は「私」自身のまなざしを注視できない。可視的なものの全体が成立するには不可視的なものが必要である[31]。こうして「やまなし」は共同体の日常生活を成立させる世界システムの不可知の全体像を表象しようとする。額縁では聴き手が「私」を対象化するとすれば、不可視の存在が可視化され非例外化に転落する。一つのまなざしによって世界の全てが見られるわけではなく、「やまなし」は全体化と例外化との交替の美学によって構成される。「やまなし」でのイサドやクラムボンは不調和で知覚不可能な危機・他者を全体性に包み込む試みである。蟹の世界は、帝国が共同体の調和と社会の全体性を確保するためのスクリーンとして、郷土的かつコスモポリタン的な空間、全体化と例外化の磁場として表象されている。

（1）飯田祐子「遊歩する少女たち」（『少女少年のポリティクス』青弓社二〇〇九・二）八七頁。

(2) アン・フリードバーグ『ウィンドウ・ショッピング』(松柏社二〇〇八・六) 五頁。
(3) 前掲『ウィンドウ・ショッピング』三頁。
(4) 前掲『ウィンドウ・ショッピング』三〇頁。
(5) 岩本憲児『幻燈の世紀』(森話社二〇〇二・二) 三六~三八、四八、八九頁参照。
(6) 前掲『ウィンドウ・ショッピング』一七〇~一七二頁参照。
(7) 前掲『ウィンドウ・ショッピング』二八頁参照。
(8)「幻燈としての「やまなし」論」(『鳴尾説林』一九九九・一二) 一〇三頁。
(9)「教材研究の方法としての文章論」(『愛知教育大学研究報告人文・社会科学編』一九七六・三~一九七九・三) 参照。
(10)「テクスト評釈『やまなし』」(『国文学』一九八二・二) 一三二頁。
(11)「このクラスにテストはありますか」(『文学の力×教材の力小学校編6年』教育出版二〇〇一・三) 参照。
(12)「美と無垢と」(『日本文学』一九九五・一二) 参照。
(13)「宮沢賢治試論」(『国語と国文学』一九九八・三) 四九頁参照。
(14) 注13に同じ。
(15) マイケル・ウッド「モダニズムと映画」(『モダニズムとは何か』松柏社二〇〇二・六) 四六〇頁。
(16)「事実性と明滅のフィギュール」(『水声通信』二〇〇六・九) 一〇二頁。
(17) 金戸清高「「心象スケッチ」としての「やまなし」論」(『近代文学論集』二〇〇〇・一一) 四~六頁参照。
(18)「「やまなし」考」(『語学と文学』一九九六・三) 四五頁。
(19) 前掲「宮沢賢治試論」五一頁。
(20) 前掲「「心象スケッチ」としての「やまなし」論」一〇頁参照。

(21) 奥山文幸『宮沢賢治『春と修羅』論』(双文社出版一九九七・七)は「遠近法的視点を脱皮し、視覚の相互性をふまえた多視点的な手法」を用いたモンタージュとして心象スケッチを読み解き、中村三春『修辞的モダニズム』(ひつじ書房二〇〇六・五)は「映像のなかに容易に定着しない他者の理解に苦しみ、侵入してくる幻想の有様を見据え、幻想と現実とのせめぎ合いの狭間という、その状況そのものを刻印していくこと」に心象スケッチの特徴を見ている。
(22) シャルル・ボードレール「現代生活の画家」『ボードレール批評2』(ちくま学芸文庫一九九九・三)一六二頁。
(23) マイケル・ベル「モダニズムの形而上学」(前掲『モダニズムとは何か』)四六頁。
(24) 前掲「モダニズムの形而上学」五四頁。
(25) 前掲「モダニズムの形而上学」四四頁。
(26) 丹治恒次郎「プリミティヴィズム」(『文学をいかに語るか』新曜社一九九六・七)四八四～四九二頁参照。
(27) デイヴィット・トロッター「モダニズム小説」(前掲『モダニズムとは何か』)一七九頁。
(28) ロレンス・レイニー「モダニズムの文化経済」(前掲『モダニズムとは何か』)九〇頁。
(29) マイケル・レヴァンソン「序論」(前掲『モダニズムとは何か』)二八頁。
(30) フィリップ・ラクー＝ラバルト『経験としての詩』(未来社一九九七・一)参照。
(31) 中山徹「テクストのアナモルフォーズ」(『転回するモダン』研究社二〇〇八・七)九六頁参照。

4 反転する語り手の位置——梶井基次郎「桜の樹の下には」

一 はじめに

テクストの基盤である文字列・音声は色の濃淡、音の強弱であって、語り（物語行為）や語り手が予め存在しているわけではない。語りはテクストを組織化するための約束事としてのテクスチュアであり、それを必要とする概念図式によって作られた操作概念である。一方、レトリックがより根源的だという主張[1]もそれに対応する概念図式や認知主体を必要とする点で同じ帰結に至る。言語表現は発話主体の身体的な事態把握＝構築の過程を反映するという認知言語学の言語観は、語りテクストとは語り手が経験性を語った所産であるという語り論の理論モデルと相同的なものとしてあるからである。

物語テクストは認知構造であると共に語り手や読者の行為でもある。作者はテクストを表象するために語る声／書く文字を媒介装置として必要とし、読者は読解の媒介としてそれらを利用する。日常会話では、話し手とコンテクストとの関係をふまえ、話し手の姿勢、状況、関心、態度を発話理解の際に推論する。語り論は、こうした日常の個人の発話行為を虚構テクストの認知フレームとして利用し、テクストから語り手を顕在化させ、語り手がそのテクストを語るモチーフや語りの効力を解析する。読解をテクストから見出される疑問とそれに対する回答として捉えるジェラルド・プリンス『物語論の位相』（松柏社一九九六・一二）の〈疑問—回答〉構造、意図明示的伝達行為による推意の生成と身体的な動機づけとして物語表現を捉える小著『語り寓意イデオロギー』（翰林書房二〇〇〇・三）・『認知物語論とは何か？』（ひつじ書房二〇〇六・七）の物語伝達モデルは、そうした語りの含意を問うアプローチである。

ただし、虚構テクストでは、作者と読者の関係は言語行為論が扱う直接的同時的な関係ではない。日常会話の相互行為で捉えるには虚構テクストは一般に長大であり、過保護的な協調の原理によって虚構テクストは読解する価値のあるものと見なされる。タイトルは現実と虚構の境界標識としても機能するが、改めて、虚構と現実の区別は可能か問うてみよう。例えば、現実世界の証言は他の言説の参照や別の方法によって検証しうるが、文学テクストではその検証は不十分となる。また、マリー＝ロール・ライアンは、虚構テクストの「話者Sはテクストを発話することによって、以下のことを意図する。（a）AWとは違うひとつの世界TRWに位置する代理の話者・聞き手の組をS'・H'とするとき、聞き手Hが、テクストTとはH'に向けられたS'の発話である、という偽装［ふり］をすること。（b）同じ名によって明示的に指示されないかぎり、S'がSと対応関係にない、とHが受取ること。（c）HがS'・H'間のやりとりをもとにTRWの匿名の一員（H'が個人化しない聴取者なら，この一員はH'に含まれる）として自己投影することによって，TRWを中心とする現実体系を「ごっこあそびで信じる」こと。」[2]と述べている。

以下に例示しよう。作者梶井基次郎は、テクスト「桜の樹の下には」（『詩と詩論』一九二八・一二）を叙述することによって、（a）現実世界とは違う物語世界に位置する代理の話者・聞き手の組を「俺」・「お前」とするとき、読者がテクストは「お前」に向けられた「俺」の発話である、という偽装をすること、（b）同じ名によって明示的に指示されないかぎり、「俺」が作者と対応関係にない、と読者が受取ること、（c）読者が「俺」・「お前」間のやりとりをもとに物語世界の匿名の一員として自己投影することによって、物語世界を中心とする現実体系を「ごっこあそびで信じる」ことを意図する。

しかし、意図は相互行為的に事後的に構築されうるし、「真正の情報源に由来する非虚構記録[3]」を証拠にしても、こうした境界は常に明確に確立できるとは限らず、結局、虚構認知の概念図式を採用するか否かによって語りは虚構と現実のいずれにも属するだろう。

本章では、「桜の樹の下には」の語りと関連するダイクシス構造に注目しつつ、「桜の樹の下には」の語り手「俺」の立場・位置を考察することを試みる。

二　ダイクシスの移転

ダイクシスは「直示」といい、話し手の視点に合わせて、発話を時間的近接（今／あの時）、空間的近接（ここ／あそこ）の場に位置付ける。たとえば、「桜の樹の下には」冒頭部(1)をみてみよう。

(1)桜の樹の下には屍体が埋まつてゐる！これは信じていいことなんだよ。何故つて、桜の花があんなにも見事に咲くなんて信じられないことぢやないか。俺はあの美しさが信じられないので、この二三日不安だつた。しかしいま、やつとわかるときが来た。

二三日前に見た桜の開花を「あの」「あんなにも」、物語を語る現在を「いま」と指示する指示詞、「桜の樹の下には屍体が埋まっている」という命題を「これ」と指示するテクストの指標表現が、語り手の「俺」との関係、言い換えればコンテクスト（指標野）の基点・中心であるオリゴ（今・ここ・私）との関係によって、物語世界内の言及対象が時空間的に秩序づけられる。さらに、この関係は、屍体が「埋まつてゐる」という継続相による私の今の想像と「不安だつた」という時制による過去の私の心情として時制・アスペクトレベルでも認識される。また、後半の「俺の心は和んで来る。――お前は腋の下を拭いてゐるね。」は、このテクストが「俺」から「お前」に向けて語られた話題によって織られ、「俺」「お前」などの人称代名詞、命題に対する語り手の判断を示すモダリティ

（たとえば、「納得が行くだらう」の「だらう」は命題に対する対事モダリティ「なんだよ」の「よ」は聴き手に対する対人モダリティ）、アスペクト、時制等のダイクシス表現は時空的・認識的な関係性を指し示す。(4) こうして物語テクストは語りの場面や文脈に依存し、ダイクシスは極めてコンテクスト依存性が強い。このため、コンテクストの変化である話法転換の際には視点・時制などのダイクシス的要素が、例えば「僕はこれがわからない」が「お前はそれがわからない」へ、「俺は味はう」が「俺は味はつた」へと変更され、コンテクストに応じて調整される。(5)

テクスト全体のこうした関係性をたどることで、薄羽かげろうの死体を見た「二三日前」、桜の美しさに不安を持つ「二三日」「昨日、一昨日」と、桜の樹の下に死体が埋まっていると空想する「今」という過去から現在に至る単記的に生起する出来事の系列と、宙に浮かぶ剃刀を幻視する「毎晩」の括複的に生起する出来事の系列との複層的なテクストの時間の関係構造、かげろうの死体を見た谷間、桜と、それをみる「俺」、我が家への帰路というテクストの時空間構造を把握できるのである。

ところで、工藤真由美『アスペクト・テンス体系とテクスト』（ひつじ書房一九九五・一二）は、はなしのテクストと語りのテクストを対比させオリゴは前者にしかないと説く。しかし、実際には文学テクストの表現は内容レベルでの時空間構造を作ると共に、それに対応する表現の時空間構造を作っている。むしろ、オリゴによるダイクシス性は、全か無かではなく、濃淡の段階性を持っており、そのテクスト毎の二次的なダイクシスとそれに伴う時空間構造をテクストは持つと考えた方がいいだろう。

ダイクシスの表現と行為体を空間に定位する機能はアフォーダンス的な概念とも結びつくだろう。アフォーダンスは環境が動物に対して与える意味であり、人の知覚・動作・運動を誘発する。知覚した筆記具の種類や大きさ、方向性によって異なる反応がもたらされるように、目的に応じて身体を中心に知覚と行為が一体化する身体図式(6)が作られる。身体図式は、前後・左右・上下などの方向軸に対して一定の関係を持つ。こうした身体的方向性を軸とした主観性・状況認知がテクストにおける空間的時間的中心を作る土台となる。[7] たとえば、井上恭英『英語の認知メカニズム』(晃洋書房二〇〇〇・一二)は語・機能語・構文・談話のテクスト規模とアフォーダンス・空間時間・因果・社会の認知レベルを対応させた観点を呈示している。すなわち、アフォーダンスは言語における人間の身体的関与をもたらし、ダイクシスはオリゴから時空間を構造化し、因果的視点は事象構造を理解する因果関係を作り、「社会的視点」は他人の視点に立って眺めることが社会性や他者の理解につながる。

さて、テクストの中に引き込まれるかのような読者の感覚は、テクストへの認知的態度・姿勢をとることによって生まれる。テクストはダイクシスの場であり、読者はテクストの世界の登場人物や語り手の知覚を参照点としてダイクシス表現を解読し、コンテクストを築くことができる。ここからピーター・ストックウェル『認知詩学入門』(鳳書房二〇〇六・三)は、参照点のテクスト世界の移行をダイクシスの移転として理論化した。

ダイクシスの場を移動する境界線越えには、フラッシュバック、夢、劇中劇、登場人物が語り思う内容、手紙・日記の再現のようにテクスト内・下位レベルに移行する場合であるプッシュ、読書をやめ現実に戻ったり、エピローグ等語り手の登場や外部意見・感想を挿入する等テクスト外・上位レベルに移行する場合であるポップの二つの種類がある。

「桜の樹の下には」では、「俺」の最初の言葉を基点とすれば、過去形「だった」や「二三日」という期間指定によって「この二三日不安だつた」は過去のテクスト空間へのプッシュとなり、「しかしいま、やっとわかるときが来た。」では「いま」という時間指示によって語る現在へとダイクシス・センターはポップする。その後、毎夜毎晩の「俺」の剃刀の妄想でプッシュし、「お前」との対話を経て、桜の下の屍体と空中に浮かぶ剃刀の想像を「それもこれも同じ」とするメタ的な言及によってポップし、回転する独楽が静止するような現象の二面性をめぐる言明へと続く。そして、「しかし、昨日、一昨日」の俺の憂鬱さへプッシュした後、「しかし、俺はいま」から続く樹の下の屍体が桜の美をもたらす美のイメージへポップする。さらに、「一、二日前」の桜の美へのプッシュを経て、「二三日前」の薄羽かげろうの屍体へのプッシュと「お前」への語りかけのポップを繰り返してテクストは終結する。(8)

こうしたプッシュとポップからなるダイクシスの移転がテクストの一貫性を形成し、読者をテクスト中にひきこみ、現実へと帰還させる。こうした読解は、テクストをダイクシスを使ってスキャニング(9)することである。しかし、このプッシューポップ構造は、明確な強度を持った構造をなしているわけではない。たとえば、「俺」と「お前」とは物語世界において実在しているとは限らないとすれば、境界線越えが記憶の中で曖昧化する場合が風化と呼ばれるように、ここでは風化に似た多義化が生じるのである。

三　レトリックと行為遂行による創造性

さて、語りが虚構上の現実を指示するとした場合、語りの言葉は虚構内において出来事のある状態を指示する点で事実確認的であり、虚構を実在のものとして／のように表象して虚構世界を作り上げる点において行為遂行的である。発話行為として語りを捉えることは、世界を変容させ事物を作りだす力の源としての語り手の意図に対する関心を生む。語りが行為遂行的であることは、物語世界を創造すると共にその世界に関する情報を伝達することであり、伝達が創造に依存している。「桜の樹の下には」の語りは「俺」から聴き手「お前」に向けて桜と屍体とのイメージの連合を伝達しつつ、それらの全てを創造する。

また、語りの創造性は比喩表現を始めとする認知フレームによって作られる。比喩表現はあるものとあるものとの類似性や隣接性を言葉によって作り出す。また、ダイクシスは時空間構造を、図と地は語りの際立ちを、視点は世界の捉え方を、主題は内容のスキーマを作り出す。隠喩・換喩・擬人法から反復・スキャニング・視点に至るまで、そもそも比喩やレトリックは現実世界ではなく言語表現（とその認知）の中にある。「桜の樹の下には」の語りは、二項対立とその融合というスキーマの幾重にも渡るテクスト化を伴う。

(2)「しかし、昨日、一昨日、俺の心をひどく陰気にしたものもそれなのだ。俺にはその美しさがなにか信じられないもののやうな気がした。俺は反対に不安になり、憂鬱になり、空虚な気持になつた。しかし、俺はいまやつとわかつた。」

(3)「俺には惨劇が必要なんだ。その平衡があつて、はじめて俺の心象は明確になつて来る。俺の心は悪鬼のやうに憂鬱に渇いてゐる。俺の心に憂鬱が完成するときにばかり、俺の心は和んで来る。」

(2)の憂鬱は桜の生き生きとした美しさへの不信・不安が作り出した感情であるのに対し、(3)はそうした生の美しさの背後に死の惨劇があることを知り、生と死とが分かちがたいことを確認することで生まれる憂鬱であり、(3)の完成が目指される。また、桜と死体、安全剃刀の今ある生と隣り合わせの死の予感、薄羽かげらふの生殖と死は、生と死が結びついていることを示す。つまり、相反するもののうちの一般に肯定的とされるものが最初提示されるが、物語全体としては相反するものが結びついていることの方に価値が見いだされる。これは、「俺」と「おまえ」の関係も同様である。「俺」は「お前はそれがわからないと言つたが――そして俺にもやはりそれがわからないのだが――」と「お前」は「俺」に近しい人物のように語る。だが、「――お前は何をさう苦しさうな顔をしてゐるのだ。美しい透視術ぢやないか。」では「お前」の反応は「俺」を肯定しているのではなく「俺」からの距離感が見られる。「俺」の言動はそれをある程度無視し以心伝心的なコミュニケーションの成立を前提としているようだ。しかし、「俺」を理解できない存在として描かれていた「お前」だが、「それで俺達の憂鬱は完成するのだ。」では

「俺」と同じく憂鬱を完成させる存在であることが明らかになる。つまり、憂鬱が意識内容レベルにおいて生と死の二極の結合によって完成するように、人物レベルにおいても「俺」と「お前」も積極的に発言し意識を明示していく「俺」と、消極的に反応し意識を推測させる「お前」の二極が、いわば語り手の思考内存在として統一される。

四　語りとコンテクスト

ところで、物語テクストは一般にそこに描かれた出来事の真偽ではなく表現が巧みか否かで評価される。巧みさとはテクストのジャンルへの到達度、虚構世界の完成度といった表象の適切性の高さと関係している。日本で自然主義文学が隆盛した時代に「真実」か否かが評価基準となった場合も、「性欲」を対象化する程度をめぐる適切性の問題として説明することができるだろう。コンテクスト・規約・カテゴリーに適合・帰属しているか否かが適切性なのだとすれば、適切性とはジャンルとの関係を意味する。ジャンルとはテクストの内容・形式のパターンと読解の前提フレームである。ジョン・ガンパース『認知と相互行為の社会言語学』（松柏社二〇〇四・五）が言う、意味と表現との慣習化された解釈の方向付けによって言説の展開を社会的文化的に親和する「コンテクスト化の合図」もこれに類似するだろう。

発話行為への関心は、一方で、語り手の意図と意味の繋がりも切断する。作者がテクストを動機付け意味づけた通りにはテクストは一義化されない。人間の様々な行動・習慣は社会と言語を緊密に結びつけているため、言語の身体性や認知は文化・社会によっても影響を受ける。語りは意味や力を作り出すために文化的・社会的なコンテクストに依存し、作者とは異なるコンテクストにある読者は必然的に作者のエンコーディングとは異なるデコーディングを行う。語りの動機づけられたテクストが多義性を持つのはこのためである。

そうした例として、詩的効果やアイロニーをあげられよう。「桜の樹の下には」の末尾は、「今こそ俺は、あの桜の樹の下で酒宴をひらいてゐる村人たちと同じ権利で、花見の酒が呑めさうな気がする」である。では、「同じ」権利とは何か。関連性理論の枠組みに基づいて分析すれば、「同じ権利」の表意とは村人と同じく「俺」が酒を呑むことができる権利であり、この発話の推意的前提は、「俺」は生と死を共にみることによる憂鬱による和みを得た「今こそ」権利をもつことができたである。では、憂鬱による和みを得るとなぜ「同じ権利」になるのだろうか。テクストは非明示的であり、推意的結論としての回答⑷〜⑺は分岐する。


⑷憂鬱は和みを提供するから、和めた「俺」は和む村人と同じく楽しんで呑める。

⑸憂鬱の和みは生の背後の死を必要とし、村人の村落には生と死の歴史があり、村人の生の謳歌の背後には過去の死がある。

⑹憂鬱の和みは生の背後の死を必要とし、和んでいる村人は死体を埋めている。

⑺憂鬱の和みは「俺」だけが気づけた深層の真理であり、日常的な現実の生に生きるしかない村人を軽蔑し皮肉っている。


強引に回答⑷〜⑺の推意的前提を整理すれば、⑷「同じ」は字義的である、⑸村人と「俺」は同じである、⑹「同じ権利」は同じ情報であり「俺」は自分を変質者と同じと位置付けている、⑺「同じ」は同じではなくアイロニーであり実は「違う」、村人と「同じ」とは言うが、「俺」自身の嗜好は村人からは浮いているとなる。こうして「同じ権利」の解釈は詩的効果としての複数の回答を伴うが、回答⑷〜⑹と回答⑺との間には違いがある。関連性理論のエコー発話説はアイロニーを他者の発話の引用の解釈的用法として捉えるが、これはズレの認知を規範からのターゲットの認知的逸脱と捉える点で他者の発話の否定という発話態度を伴っている。この立場によれば、前者は参照された言説・文化的規範等を結合し同意する点でメタファー的解釈であり、後者は参照された言説・文化的規範等を否定する点でアイロニー的な解釈である。

以上の前提は、存在感の薄い「お前」が「俺」の分身であって、実際には「俺」しかいないという先行研究の動向にもとづくものである。しかし、表面的な美・生の背後には死・醜があってそれらは表裏一体をなすというテクストの構造から推測するに、むしろ、実在しているのは「お前」と呼ばれている存在であって、「俺」こそが実在しない分身であるとも捉えられないだろうか。なぜなら、「俺」は毎夜剃刀を幻視すると共に、通常想像しないような美には死の惨劇が必要であると考える存在であり、日常的な生の反復から逸脱した死への傾斜を体現するからである。「お前」が苦しげであり、「お前」の発言を「俺」が言及するのも、「俺」の実在説以外に、「お前」をめぐる状況に対するメタ認知的な位置に「俺」がいると考えることもできる。「お前」が持つ死への傾向を体現しつつ、「俺」と「お前」を共に観察しうる機能的存在として「俺」を捉えられるからである。

「生」を代表する「お前」と同等の存在感を「死」を代表する「俺」も持つことができる、なぜなら、「生」と「死」は表裏一体である。このゆえに、死への欲望を持つ観念的存在である「俺」もまた「お前」ひいては村人と同等の存在感をもつことができる。だから村人と「同じ権利」で「俺」は酒を飲むことができるのである。

語りはコンテクストに依存する。ただし、それは葛藤的でもありうるのである。

（1）中村三春『係争中の主体』（翰林書房二〇〇六・二）参照。
（2）『可能世界・人工知能・物語理論』（水声社二〇〇六・一）一三四〜一三六頁。なお、AWは現実世界、TRWはテクストの指示対象世界を指す。
（3）『可能世界・人工知能・物語理論』一七三頁。

（4）ダイクシスの作る時空間構造は、我々／彼等、内／外等の差異と重ねることで倫理的批評の契機をもたらす。
（5）中園篤典『発話行為的引用論の試み』（ひつじ書房二〇〇六・三）参照。
（6）メルロ＝ポンティ『知覚の現象学』（法政大学出版局一九八二・一）参照。
（7）空間知覚とそれに基づく探究行動が移動表現に反映するという本多啓『アフォーダンスの認知意味論』（東京大学出版会二〇〇五・二）参照。
（8）初出以後に削除された結末の剃刀の挿話は、幻想への志向という内容の点ではプッシュとなるが、語りとしてはポップの維持・継続である。
（9）心的走査。スキャニングは本来は物語世界に視線を投げ掛け視線を移動していく行為による主観的認知プロセスを指すが、ここではテクストの時空間関係の階層を転移していく主観的認知プロセスとして用いている。

5 引用と構成——古井由吉「踊り場参り」

一 はじめに

従来、郷土文学研究の視角は、テクストと実在の地理・人物、あるいは先行テクストとの対応関係を中心としており、その綿密な考証とそれに基づく解釈は着実な成果を上げてきたと言えよう。

それに対し、物語論によって「どのようなテクストもさまざまな引用のモザイクとして形成され、テクストはすべて、もう一つのテクストの吸収と変形にほかならない(1)」という相互テクスト性の操作概念が導入された日本近代文学研究では、テクストの表意作用に注目する視角もある。そこでは、先行テクストとテクストとの関連は引用・話法の問題として捉え返されるだろう(2)。

本章でも、引用とテクスト構成の関係を考察する。先行研究の蓄積が未だ充分ではないテクストを考察すると共に、引用論の視角の可能性の一つを提示することは、日本近代文学研究および郷土文学研究に貢献することになり、その意義は大きい。

本章では、その対象には、石川の三文豪の一人、徳田秋声のテクスト「町の踊り場」（『経済往来』一九三三・三）の追体験テクストである古井由吉「踊り場参り」（『新潮』一九八五・九）を選んでみたい。後者は前者を引用することで、テクストを編み出しているからである。

そこで本章の見取り図を素描する。まず、先行研究で採用された二項対立の読解を検討し、その乗り越えに引用の視座が必要なことを確認する。続いて、二つのテクストの引用関係の概要を記述すると共に、「踊り場参り」に新たな解釈を提示する。最後に、引用論の問題点の一部について考察することにする。

二 流動と不動

異母姉の危篤のために帰郷した「私」は、夕食に鮎が食べたくなり外の料理屋を回る。葬儀時、「私」は、姉の顔から父の遺伝の共通性を見て、幼時の死の恐怖を回想する。夕方、兄の家で、骨董趣味をもつ軍人らしからぬ婿養子に接して、踊り場を思う。ダンスホールで若い女と踊った「私」は、マダムや若者と会い、帰って安らかに眠る。「町の踊り場」は以上のような物語であり、「踊り場参り」は、二十年前金沢に済んだことのある「私」がこの「町の踊り場」の舞台を訪ねるという物語である。

「踊り場参り」の主人公は、逐一、「町の踊り場」の主人公の足取りをたどる。料亭で飛び入りで鮎が食べられないこと、それを通りすがりの家から喪家に電話すること等々、「町の踊り場」の主人公の振る舞いを検証することで、主人公の行動が、現在では奇異な行い、あるいは受け入れにくいものであることを、明らかにしていく。それは、「渋い落着いた、相変らずの老秋声の匂ひの漂うた」[3]と評されるような、かつて受け入れられていた主人公の行動が通用しなくなった事態を示す物語と言える。言いかえれば、その主人公が実は思いこみの強い変な男であるということを暴露する物語だとも言えるだろう。

エッセイ「小説と土地」(『共同通信』一九七一・二)では、古井は東京と金沢の間に「起伏」と「平坦」という対立を見いだすが、それは思い違いだと知人に指摘され、改めて東京と金沢の間に「風俗」と「場所」、すなわち「流動」と不動という対立を見いだす。古田道生氏は、この二項対立を「踊り場参り」読解にも有効なものとして考え、「私」が東京と金沢を流動／不動の関係として捉えていると説く。[4] なるほど、テクストには「東京ではオリンピックなども近づいて、どうでもいいけど、なにやら大変化が進行中の様子だったが、この町はさしあたり、心の遣りどころもなく長閑だった」という東京＝流動、金沢＝不動として描く表現が見て取れる。「私」が二十年前の三年間の暮らしで現在の金沢を自在に動けることや、染物店の若主人の踊り場についての記憶のよさと「私」のそれに対する知識のなさも、金沢の停滞性＝不動性と東京の流動性を示しているかもしれない。

しかし、それから逸脱する表現(1)〜(4)も見てとれる。

(1)あの時代にはまだ、あまり外へは出さずに、だいたい地元で消費した

(2)三年前のその日には、その家へ来る前に、私自身の下宿だったところが小路の軒の並びの間にしらじらと、駐車場となって夏の陽を照り返している（略）。その前年かに印房の主人も亡くなっていた。

(3)壁に横長に、家並保存と大書した看板があり、うなずいたとたんに、「反対」なる文字が目に飛びこんできて、そうだろうな、と昔の店をとうに仕舞うた住人たちの暮し心地を思いやった

(4)昔の路地の入口の片側の店はそのままで、もう片側の建て替えられた家との間に、路地のような隙間がのぞける。

(1)は昔と今の魚の流通の違いを、(2)は「私」の元下宿をめぐる変化を、(3)は家並みの変容をそれぞれ示唆し、金沢の流動性を含意している。また、(4)は変容する東京での不動性を持つ場を描いている。このように、東京／金沢＝流動／不動という図式は、テクスト全般を強固に統括しているわけではない。
また、一方で、東京／金沢＝流動／不動という把握は正しいのだろうか。思えば、「踊り場参り」の私は、思いこみの強い男として語られていた。

(5)作品にその店のありかが示されているのを、私は長いこと、大橋から表通りを橋場町で折れずにまっすぐすこし先へ行ったところにある料亭がそれであるかのように、情景を思い浮かべていた。
(6)幾度か読み返して、そのつど驚かされても、しばらくすると元の錯覚に戻ってしまう。浅野川は東岸の、愛后の廓の二階の桟敷あたりから、小広い辻で催される色街の夜踊りを眺める、小路を挟んで長く続く軒の彼方には卯辰山の黒い影も仰げる、とそんな情景の文であったように、ひとりでに思いなすのだ。
(7)その家で、宴会の始まる前に女将から、よろしかったら、とお愛想に風呂をすすめられて、一同ちょっと困惑したような覚えがあるのだ。偽の記憶か。野暮な背広を着込んで、このあと香林坊辺の酒場に回る予定の連中が、ここで浴衣に寛ぐわけはない。それでもかりに、では、と受けて立ったらたぶん、困った顔の仲居に案内されて、あの辺の家の構造上、薄暗い土間をずいぶん奥までたどることになっただろう。いや、偽記憶でもない。
(8)若主人は白髪こそ目立つが私と同年配、あるいはもっと若いと見受けられるのに、物言いも物腰も、昔のことを昨日のことのように試す。昭和の三十年代のことなら、私の金沢時代と同じく、昔のこととも言えないものだが、しかし私ならば、近年だろうと取り壊されてしまった家の間取りはにわかに書けない。やはり居つきだけのことはある。土地にも歳月にも老成している、とあたり前のようなことに感心する

(5)は料理屋の場所に対する、(6)は作品の本文に対する、「私」の思い違いの修正が示されている。また、(7)は、自分の行った店で風呂を勧められたという「偽の記憶」であり、そうした思い違いが訂正しきれていない。さらに、(8)では、「私」と若主人の過去に対する記憶力の違いが、「私」という東京生活者・移動者と「居つき」という金沢定住者との違いでまとめられているが、そもそも「私ならば、近年だろうと取り壊されてしまった家の間取りはに

わかに書けない」とあるように、「私」自身の記憶力がそれほど強くないことが前もって語られている。だからこそ、「私」は、数々の思い違いや記憶違いをしている。そして、「私」は、ストーリーの展開とともにその誤認を修正し、そして確かな情報を手にしていく。

したがって、そこで描かれるのは、思いこみとその修正のプロセスの反復という過程である。とすれば、「小説と土地」の図式それ自体が「踊り場参り」に引用されていると考えることもできるだろう。

三　配列と構成

続いて、「踊り場参り」の「町の踊り場」との引用関係及びその構成・構造を検討する。

「踊り場参り」と「町の踊り場」の段落・節での内容と引用・要約の内容を表1に整理した。物語を意味段落でいくつかに分け、大は大段落、中は中段落を意味する。中段落には説明を付した。

これをもとに語りの構造の点で両者を整理する。「町の踊り場」は、焦点化子（視点人物）の私が通夜から踊り場に至るⅠ～Ⅳを物語世界内現在としている。近過去としてⅣの踊り場での婦人との会話によって想起された床屋の思い出、遠過去としてⅠでの幼時以来の姉の思い出等がある。物語世界内現在には数日の振幅がある。一方、「踊り場参り」は、近過去としてⅢの三年前の金沢再訪、中過去としてⅠの二〇年前の金沢下宿時代、遠過去としてⅡの私の幼時等があり、物語世界内現在は、六月半ばの金沢のⅠ～Ⅲであり、後日談としてⅣの七月の東京がある。

さらに、表について補足説明する。アルファベットは引用、丸数字は場面等の要約であり、それぞれの内容を説明した。③はf→g→h→i→j→k→lを、⑤はtを、⑥はrを、⑧はxyを含んでいる。

表1

踊り場参り

大	中	内容
I	1	魚にあきた話
	2	割烹探し ①主人公紹介 c d経路 a姉の死後の家の様子 b甥の返事 e経路 ②入浴して退席した主人公 m・n出ていく
	3	店に入れない
	4	鮨屋に行く ③f〜l入って鮎がない 鮨屋に入れない 肉を食べる o甥の返事 ④主人公の問い合わせ

町の踊り場

大	中	内容
I	1	帰郷 a姉の死後の家の様子
	2	移動 b甥の教え c〜e経路の様子
	3	料理屋 ③f〜l鮎がない m退出 n私の感想 ④電話で甥に尋ねる o甥の答え

Ⅱ			Ⅲ				Ⅳ	
1	2		1	2	3		I	2
私の幼時の葬儀参加	路地の残存		踊り場と下宿の駐車場化 z 誤った引用　対応本文無	若主人の踊り場情報提供	店の構造 ⑤店の入口 t タタキの広さ ⑥r 踊り場の外見 s 外見 q 界隈の様子	⑦通夜から法事までの説明 p 行動願望 u タタキの説明 ⑧「町の踊り場」概説 x・y 私の眠り	帰京後駐車場の推定	回想女将の喫煙 v・w 若い男の行動

Ⅱ	Ⅲ	Ⅳ		
1	1	1		
納棺式	親戚づきあい p 行動願望	踊り場へ ⑥迷いながら踊り場へ q～r 雰囲気 ⑤踊り場の構造 s 格子戸 t タタキ ⑧踊りと婦人 u タタキ v・w 若者の行動 x・y 私の眠り		

本来、記号に対応する本文を全て示すべきだが、煩瑣になるので、「踊り場参り」Ⅰ２の①ａ～ｄの本文(9)とそれに対応する「町の踊り場」の本文(10)を掲げるにとどめる[5]。

(9)①「町の踊り場」の主人公が夜道を来る。世にほとんど捨てられたと感じているらしい老文士、和服を捨ててソシアル・ダンスに熱中する六十男だ。浅野川の大橋を渡ってたはずだ。北から高道町、森下町と大通りをたどれば、橋場町まで、脇目をふらずに十分と少々、あまりそぞろに歩く人とは思えない。ｃだんだん賑やかな処へ出て行った、とだけ書いて途中を済ませている。ｄ他の田舎町を素通りするのと、気持に大差はなかった、と。

本家と呼べる家は、二十歳そこらで町を飛び出したその何年も前から、すでに土地にはなかったらしい。そう言えば、後年帰省してどこの家、誰の家に居たか、作品の中ではかなり曖昧だ。

ａその日は閑散であった、とある。東京から夜行で駆けつけた夏の日のことだ。仏間には、その夜子に息を引き取った。腹違いの姉が寝かされている。主人公は筒袖の単衣物を着て、そのそばに居た。そして夕風が立って弔問客がひきもきらず訪れる頃、洋服に着替えて線香臭い家を抜け、今年の鮎を喰いに出かける。その前に甥に、生臭をくわせるところを相談しているけれど、どんなふうに切り出したことか。

——ｂそれならいくらもあります。何処でも食べさせます。

(10)ａその日は閑散であった。私は薄い筒袖の単衣もので、姉の死体の横はつてゐる佛間で、佛のちよつと上の兄と、久しぶりで顔を合わせたり、姉が懇意にしてゐた尼さんの若いお弟子さんや、光瑞節や、まだ大学にゐる現在の若い法王のことをよく知ってゐる、話の面白いお坊さんのお経を聴いたりしてゐるうちに、夕風がそよいで来た。弔問客は引つきりなしにやって来た。花や水菓子が、狭い部屋の縁側にいつはいになつた。

私は足が痛くなって来たが、空腹も感じてきた。しかしここでは信心が堅いので、晩飯には腥いものを、口にする訳にいかなかつた。

「何とかしませう。」甥は言ったけれど、当惑の色は隠せなかつた。

「今年はまだ鮎をたべない。鮎を食べさせるところはないだらうか。」私は二階で外出著に著かへながらきいた。

「bそれならいくらもあります。何処でも食べさせます。」

手頃な料理屋を、甥は指定してくれた。私は草履をつつかけると、ステッキを一本借りて、信心気の深い人達の集まってゐる、線香くさい家を飛び出した。どつちを向いても、余り幸福ではない、下の姉や、佛の娘を初めとして、寄ってくる多勢の血縁の人達の生活に触れるのも、私に取っては相当憂鬱なことであった。私は故郷における生活の大部分を、K――市のこの領域――といっても相当広いが――に過したので、若いその頃の姿をこの背景の中に見出しつつ、cだんだん賑やかな処へ出て行つた。既に晩年に押詰められた私達のこの年齢では、故郷は相当懐しいものであっていい筈だが、私の現在の生活環境が余りに複雑なためか、或ひは私の過去の生活が影の薄いものであつたためか、d他の田舎の町を素通りするのと、気持に大差はなかつた。

(9)は、「踊り場参り」の主人公が三年ぶりに金沢を訪れた二日目の昼に尾張町から橋場町に向かう途中で、「町の踊り場」の場面を想起する箇所である。一方、(10)は「町の踊り場」の主人公が姉の葬儀に出席するため金沢に戻ったが、魚を食べたくなったので町に出ていく場面だ。(9)の①は「町の踊り場」の主人公をストーリーを要約することで紹介する箇所であり、「踊り場参り」が「町の踊り場」をめぐる物語であることを示唆する箇所でもある。そもそも、この前に、秋声の代表的長編「足迹」（『読売新聞』一九一〇・七～一〇）の一節が引用されることで秋声に関心が向けられており、さらに「町の踊り場」に関心を狭く限定する効果がある。また、(9)の前半は、主人公が移動中の場面であり、「町の踊り場」の主人公の移動する挿話を想起し、主人公が出歩くに至った経緯を想起する。引用の配列順序の変更は、このためである。

さて、「町の踊り場」と「踊り場参り」の大段落レベルの対応関係からすると、Ⅰ料理屋→Ⅱ葬儀は共通だが、「町の踊り場」のⅢでは義兄の婿らとの親戚づきあいの挿話になるのに対し、「踊り場参り」では対応する大段落はない。「町の踊り場」Ⅳと「踊り場参り」Ⅲが踊り場の挿話で対応し、「踊り場参り」のⅣ帰京後は「踊り場参り」のみの挿話となる。これは、親戚づきあいの挿話は金沢の地理・住居空間には関係ないためであり、一方、帰路・帰郷の挿話は、後日談的に作中の金沢の地理・住居空間をめぐる考察がなされる点で、物語には必要な挿話なのである。

さらに、「踊り場参り」は、「町の踊り場」の結末の配列を変更し、踊り場で出会った若い男の言動の引用で結末(11)を締めくくっている。

(11)しかし静かなことだ。いつだか、あの町のどこかで、同じ口から聞いたような話、煙草を挟む指にじかに感じたような静かさだ。東の色街から大橋を越して、角っこの三階建ての肉屋を過ぎ、ドブ川に沿って、生きた鮎を喰わせる店の薄暗い土間から湯舟から、靴底にきらつく蹴り場のタタキの上まで、いまでも夜には家並のあいだに、間口九間の奥行十間あまり、ぽっかりとほの白くあいた、駐車場のコンクリートの上にも張っている気がする。

——v実に好いところを発見した。こんな好いところが、この町にあるなんて、迚も嬉しくなってしまった。

w陰鬱な爆笑のあがる静かさだ。

「町の踊り場」では、若者は「私」に導かれて、踊り場での楽しさを発見する。「踊り場参り」の「私」は「町の踊り場」の「私」の後をたどって踊り場を発見する。(11)を結末とすることで、「踊り場参り」の「私」は、いわば「町の踊り場」の若者に自らの位置をなぞらえている。

この(11)の前では、「私」は団地の駐車場を利用して踊り場の間口の広さを測り、その夜に私は天井を見上げ、金沢での出来事を回想する。そして、(11)では、金沢の踊り場が東京の駐車場に重ねられている。すなわち、(11)での「静か」な「好い場所」とは他ならぬ東京の団地の駐車場なのであり、「踊り場参り」の「私」は、東京と金沢の共通性を見出している。この「爆笑」とは東京と金沢の間の共通項を見出した「私」の喜びに他ならない。ここにおいて、東京と金沢を二項対立で捉えようとしてきた「私」の把握、そして先行研究の読解は、瓦解する。

四　引用論の余白に

ともあれ、「踊り場参り」というテクストは、「町の踊り場」のみならず、「足迹」や自伝、あるいは実際にはない「町の踊り場」の本文(5)や偽の記憶をも引用することで成立しているテクストである。

ここで、引用とは引用元Aを引用先Bに織り込んだ表現という定義に立ち返ってみよう。

この場合、引用とはAをBとして表象するという表象モデル[6]に基づく操作概念ということになる。そして、この引用観は、Aという原因があることでBという結果が成立するという因果論的な理論モデルに立っていると言えよう。それは、心のプロセスをコンピュータの計算プロセスと同一視する計算論であれ、それに対して疑義を提起する身体論であれ、共通する引用観であろう。

ロラン・バルトはテクストを引用の織物として捉え[7]、中村三春氏は全てが引用であるという根元的引用論を唱え[8]、東浩紀氏はそのメカニズムをデータベース・モデルとして図式化した[9]。だが、引用の濃淡を扱うモデルは中村氏は提示していないし、東氏の場合は参照行為には不可欠な主体概念が無いためモデルとしての有効性がない。とすれば、引用の段階性と主体性を組み込んだグレディエンス・モデルが必要になるだろう。物語テクストの引用は、近似な一致から逸脱に至る類似度・隣接度の様々な段階の違いを持つからである。

また一方で、因果論的な表象モデルに対して、引用元と引用先が特定できない場合も想定しうる。形態論としての話法アプローチでは、統語論上の制約によって因果論的な構図をとるしかなく、引用元が実在しなくても心的に仮設する限り引用元は構築されるという立場をとる。これは物語論においても基本原理としては、変わることはない。したがって、引用とはconstructionの問題なのである。ここでいうconstructionとは、構文ではなく、構成体を指す。

しかし、一方で、大きな構成体で形態論的な制約が課せられない場合、引用元と引用先は一対一の対応関係ではなく、多対多の関係、いわば網状のネットワークとなるだろう。テクストにおいて引用と非引用の境界は分明ではなくなってしまう。非因果論としての表象・引用論に関する思考実験は、この延長に生まれる。コネクショニズム[10]としての引用観と言いかえてもいい。

むろん、この場合でも、ある領域と別の領域から部分的に選ばれて混合的な構成体が生成されるということになるだろう。しかし、この場合、ネットワークの中で相互作用するという第三の可能性が生成する。つまり、引用とはある種のプロトタイプ性を帯びているのではないか、ということである。構成体とは断片的なものだが、しかし言語のみには特定されない広がりを持つ。すなわち、構成体とは、ミクロな文字レベルからマクロな社会環境に至るあらゆる段階においてそれぞれオーバーラップする。[11]例えば、「町の踊り場」が戦争への予感を言及しつつも、「踊り場参り」はそれを消去することで成立している。テクストの意味作用がコンテクストにおいて機能するものであれば、このことの政治的機能を見過ごすこともできないだろう。

（1）ジュリア・クリステヴァ『セメイオチケ1』（せりか書房一九八三・一〇）六一頁。
（2）小著『語り寓意イデオロギー』（翰林書房二〇〇〇・三）Ⅰ―2・Ⅰ―4、『政治小説の形成』（世織書房二〇一〇・一一）Ⅱ―8等参照。
（3）室生犀星「文芸時評」（『改造』一九三三・四）。
（4）「無題」（『ミリアニア』能登印刷出版部二〇〇一・一二）一八九頁参照。
（5）(9)～(11)の引用本文での記号・傍線は西田谷。
（6）W・J・T・ミッチェル「表象」（『現代批評理論』平凡社一九九四・七）参照。
（7）『物語の構造分析』（みすず書房一九七九・一一）参照。
（8）中村三春「太宰治の引用とパロディ」（『国文学』二〇〇二・一二）参照。
（9）東浩紀『動物化するポストモダン』（講談社二〇〇一・一一）参照。
（10）戸田山和久・服部裕幸・柴田正良・美濃正編『心の科学と哲学』（昭和堂二〇〇三・七）参照。
（11）山梨正明「カテゴリー化の能力と構文の拡張ネットワーク」（『構文研究への認知言語学的アプローチ』文法学研究会集中講義二〇〇三・八・一七）による。

6 コンストラクションと共同体——梶井基次郎「檸檬」

一 はじめに

梶井基次郎「檸檬」(『青空』一九二五・一)は、今ここからの脱出願望を示しつつ、レモンによって丸善を爆破することで不吉なものによる圧力を回避しようとする「私」の憂鬱の軌跡を描いたテクストである。圧力を受けて行為する「私」と環境との関係は、「私」の受動・拮抗に示されるように、空間の多重化や空間認知・空間移動として示されている。

先行研究では、村田裕和氏が「主体性が希薄化する消費空間」と「主体と世界が断絶した知覚空間」(1)とに空間を大別し、日比嘉高氏は「登場人物の身体を媒介しながら空間を心理化/感覚化し、また心理/感覚を空間化する」(2)ことで、「私」の身体に複数の「可能的あるいは潜在的な統合」(3)が反転・交代して出現する様子を記述するテクストだと指摘する。

空間を「私」の属する共同体のメタファーとすれば、「私」は複数の共同体に属することになり、「檸檬」は可能的/潜在的な共同体の変容が示されるテクストといえよう。

そこで、本章は、テクストにおける「私」と共同体の関係性を検討する。その際に参照枠とするのは、アルジュン・アパデュライとロベルト・エスポジトである。

アパデュライは、個人的な才能による芸術とは異なる日常的な精神活動の一部としての集団的な想像力(4)を問題とする。しかし、個人は、個人の行為性や社会性、再生産性の中に現れる現象学的属性であるローカリティでありつつ、近接によって可変的に現実化される。ローカリティは「社会的直接性＝非媒介性の感覚、相互行為の技法、コンテクストの相対性が連続的に結びつくことによって構成[5]」され、近接は「空間的であれ仮想的であれ、現実性と社会的再生産の可能性をその特徴とする[6]」「重層的な解釈場[7]」とされ、ローカリティの「社会的行為を通して、コンテクストとしての近接は、諸々の近接のコンテクストを生産する[8]」のであれば、個人は直接的現実性と社会的可能性の交渉する領域とかかわり、「私」の想像力も直接的個人的であり社会的可能性でもある。

また、エスポジトは、他者への義務を負い外部へと開かれることと、義務から免除され自己を閉ざす傾向があることとの正反対さを持つ共同体と免疫が、他者との肯定と否定の両面性がある点に注目する[9]。憂鬱に包まれる「私」は友人達から孤立し、想像空間に離脱する。メランコリーな個人は、非社会性、孤立、集団生活の拒絶のように非共通性によって共同体から外れた存在と目され、効率的・生産的な指向や秩序・合理性の強化において社会は内部にメランコリーを認めず、一般的に憂鬱と共同体は対照的に捉えられる。しかし、エスポジトは、メランコリーを「共同体がみずからにたいして切り取り、切り捨てることで、切断や切りくずのようなものとして共同体を構成する何ものか[10]」と捉え返す。「自己破壊することなしには共通＝共同の仕事とはなりえない[11]」、「限界を越えようとする傾向とその不可能性とのトラウマ的経験[12]」がメランコリーなのだとすれば、メランコリーは共同体の真正の本質であると共に共同体を内破する二重性を帯びる。

本章は、この二重性を巡る知見を参照枠として「檸檬」を分析する。そのため、第二節では環境との関係で「私」の重層構造を定位する。第三節ではその創造＝観察のコンストラクションを検討し、「私」の孤立をもたらす「不吉な魂」を環境からの遊離ではなくエコロジカルなものと捉える。次に、第四節では、「私」のオルタナティヴな志向をアンチモダニズム的な《ほんもの》への志向と評価することで、「私」を近代共同体に帰属ないし補完するものとして位置づける。最後に、第五節では、メランコリーの両義性を創発的なものと捉えて、レモン爆弾の共同体において果たす機能と効力について検討する。

二 身体図式とステージ・モデル

「私」はレモンに触れ・嗅ぎ、そのレモンから想像や言葉、元気などの力を働きかけられる。(1)では、主体の感じられる対象への能動的な動作だけでなく、対象によって逆に主体が受動化してしまう。

(1)私は何度も何度もその果實を鼻に持つて行つては嗅いで見た。それの産地だといふカリフォルニヤが想像に上つて來る。（略）言葉が斷れ々々に浮んで來る。（略）温い血のほとぼりが昇つて來て何だか身内に元氣が目覺めて來た。

モーリス・メルロ＝ポンティは、ともに感じ／感じられる可能性を持つ感覚的なものを肉と呼び、身体の共通性や環境の共通性の可逆性＝キアスムによって人々の相互性を実現するものと位置づける。私の身体は、日常実践を通して私と存在との関係を結ぶ点で、「世界に対する私の足場[13]」となる。身体図式は、「知覚された世界の或る種の構造でもあり、知覚された世界は身体図式に根づいている[14]」とされる。

これは認知言語学の理論的基盤でもある。身体化された概念システムは「ユニヴァーサルであるか、あるいは言語や文化の違いを越えて拡がっている[15]」と考える点で認知言語学の立場は普遍性を志向するとみなされがちだが、「ユニヴァーサルな方法‐目的合理性はない[16]」ともいい、「完全に相対的でもないし、また単に歴史に付随するようなものでもない[17]」とも注意されるように認知言語学は理論的可能性では単なる普遍性の主張なのではない。私見では、認知言語学アプローチの意義は、主体の自由を説く相対主義と歴史的普遍性を説く規範決定論とを共に批判し、身体性によって一定の類似性と共に様々な個別性が発生することを説明可能にする有契性の論理を提示したところにある。それゆえ、身体図式のどの水準と事象・言説を関連づけるかで普遍性を利用した解釈は局所性を創りあげる。

(2)私は長い間街を歩いてゐた。始終私の心を壓へつけてゐた不吉な塊がそれを握つた瞬間からいくらか弛んで來たと見えて、私は街の上で非常に幸福であつた。(略)變にくすぐつたい氣持が街の上の私を微笑ませた。

(2)について、日比氏は、内田照子氏の「私」の分離と一方が遠くから他方を眺める視線の指摘[18]をふまえ、「街は、立体的に取り囲むのではなく、身体の下に、平面的に広がるものとして認知されている。空間と身体の関係は平面とその上のにあるモノの関係といえる[19]」と把握する。日比氏は、身体図式を字義的に解釈すると共に、「私」の上下動・浮遊と「私」のメンタリティの結合としてテクストを読み直してみせる。しかし、テクスト構造は、街の平面上に「私」がいるという場面のスクリーンを眺める「私」という入れ子型のステージ・モデルである。ステージ・モデルとはステージ上で存在物が相互作用することによって起こる事態を話者がステージの外から観察し、それを言語で表現しているとみなすモデルであり、話者の「私」は物語世界内の「私」を参照点として「浮浪」する「私」を平面上のものとして観察・素描する重層性が示されている。

「私」は、町並みを歩き、今ここと異なる場への脱出を街の崩壊を緒に夢想する。

(3)時々私はそんな路を歩きながら、浮圖、其處が京都ではなくて京都から何百里も離れた仙臺とか長崎とか——その樣な市へ今自分が來てゐるのだ——といふ錯覺を起さうと努める。(略)希はくは此處が何時の間にかその市になつてゐるのだつたら。――錯覺がやうやく成功しはじめると私はそれからそれへ想像の繪具を塗りつけてゆく。何のことはない、私の錯覺と壞れかゝつた街との二重寫しである。そして私はその中に現實の私自身を見失ふのを樂しんだ。

飯田祐子氏は、「私」のようなモダニズム文学の遊歩によって自己離脱する男性主人公は「根拠や本質に結び付けられた何者かであることが避けられ、むしろイミテーションとなること、他の者に自分を重ね込んでいくことが望まれているのである。遊歩と錯覚と自己離脱が、空間と欲望と行為における虚構性の過剰化によって重ねられていく」[20]と考察し、尾崎翠の分裂する感覚を担う登場人物は「内側に多重化あるいは多声化し（略）重なりゆく者ではない。内側にも他者が発生している」[21]と指摘する。

しかし、男性の重層と女性の分裂とは異なるのだろうか。(3)で注意すべきは、「私」の願望が内的世界の中での脱出である点である。内部分裂も内部多重化として虚構の過剰化であり、脱出願望も内的な自己の空間的分割を必要とし、いずれも今ここことは異なる場の重層性・二重化を必要とする点では同じなのである。

そもそも、「心は本来、身体化されている。思考はたいてい無意識のものである。抽象的概念は大幅にメタファー的なものである。」[22]というレイコフ&ジョンソンのテーゼをふまえれば、心は身体化されており、精神と身体、内と外として単純に二分できない。心の変動もまたその時の人物をとりまく状況に左右される。「私」は、想像世界そのものを産出しつつ想像を生きる身体である想像身体として、脱出する「私」を想像し想像世界を構築する。この意味で外部とは内部化された外部、内的な想像なのである。

三　創造＝観察のコンストラクションとエコロジカルな魂

ところで、飯田氏は、「誰かを見ることは誰かとなることへとずれていく」[23]と指摘する。なるほど「嘗めて見る」・「手の握り合ひなどをして見る」・「汚れた手拭の上へ載せて見たりマントの上へあてがつて見たり」等の表現では見ることによって対象と「私」との間の親和性・同一性が確保される。しかし、(4)では、見ることは必ずしも常に同一性・親和性を保証するわけではなかった。

(4)私は一冊づゝ抜き出しては見る、そして開けては見るのだが、克明にはぐつてゆく氣持は更に湧いて來ない。

これらの表現は、「私」の〈行為＋「見る」〉という統辞構造として構文化されている。それを本章では創造＝観察のコンストラクションと呼ぼう。「私」がある行為をした結果を観察するコンストラクションは、第一次物語言説において受動的な様々な「私」を創造・構築し、それを物語世界外から観察・描写するテクスト全体の構造である。(5)では、物語世界内の大部分を占める第一次物語言説の当時及びそれ以前としての「昔」の「私」と、それを「あの頃」と回顧・表現するまなざしとしてコンストラクション化されている。[24]

(5)實際あんな單純な冷覺や觸覺や嗅覺や視覺が、ずつと昔からこればかり探してゐたのだと云ひ度なつた程私にくつきりしたなんて私は不思議に思へる——それがあの頃のことなんだから。

第一次物語言説を構成する京都の街をめぐる「私」の軌跡は、何かから圧迫されるストーリーである。語り手は

「私」の浮浪する空間を作成することによって「私」が抑えつけられるような重苦しさを解消する。

(6)えたいの知れない不吉な塊が私の心を始終壓へつけてゐた。焦燥と云はうか、嫌悪と云はうか——酒を飲んだあとに宿醉がある様に、酒を毎日飲んでゐると宿醉に相當した時期がやつて來る。それが來たのだ。これはちよつといけなかつた。結果した肺炎カタルや神經衰弱がいけないのではない。また脊を焼く様な借金などがいけないのではない。いけないのはその不吉な魂だ。以前私を喜ばせたどんな美しい音樂も、どんな美しい詩の一節も辛抱がならなくなつた。蓄音器を聴かせて貰ひにわざわざ出かけて行つても、最初の二三小節で不意に立ち上つてしまひたくなる。何かゞ私を居堪らずせさるのだ。それで始終私は街から街を浮浪つゞけてゐる。

(6)では、「肺炎カタル」や「神經衰弱」になり「借金」をかかえた「私」は「焦燥」や「嫌悪」とも言いうる憂鬱に陥る。憂鬱は、飲酒の後の「時期」に喩えられるように、具体的で明確なものではなく、不確定で潜在的なものとされる。無ではないような何かが憂鬱として知覚され感情を動かすものとして経験される。「私」をおさえつける「不吉な塊」は、表層的な「結果」ではなく深層的な原因として、「えたいの知れない」ものであり、意識性、主観的体験、道徳的判断、理性、判断そして最も重要なその人の内的本質でありながら非身体的な点で外的なものでもある現前しない「魂」にも近い。その点では、「不吉な塊」の正体は初出テクストのみに現れる「不吉な魂」こそふさわしい。

非身体的な魂を創り出すのはメタファーであり、「身体化されたマインドは生きている身体の部分であり、その存在のために身体に依存する」[25]と指摘されるように、魂は、身体によって形作られ、存在が続くことを身体に負っている。

この「不吉な魂」と「私」の脱出願望とは同様に捉えられよう。これらは、「自分の身体の外に出る」のと似た何かを経験する「超越」としての「イマジナティヴな投射[26]」であり、容器の外に出ることが今ここの外に出ることへ投射されるメタファーである。外界への脱出願望とは、内的にシミュレートすることであり、他者の中にあることを模索・模倣する形式である。スピリチュアルな想像世界の自己への投射は、成功／破綻、親和／不和いずれにせよ、逆説的に自己が世界に存在していることを強化する。これは環境が主体の存在の一部、アイデンティティのありかだからであり、人はそこから離れることができない。「不吉な魂」は、「私」の気分を圧迫するもう一つの「私」の心として、エコロジカルな霊性となり、内と外を接続する。ゆえに、外部とは内部であり、内部とは外部である。

「私」は、受動的には自らを圧迫する街の中に自分に親和するものを発見し、逆説的には自分に親和するものだけで街を構成する能動的行為を行う。他者が不在のテクストにおいて、創造＝観察のコンストラクションは、世界を客体化することで「私」を主体化する。「私」は視線＝語りを通して世界に侵蝕し同時に世界も「私」に侵蝕する。

(7)何故だか其頃私は見すぼらしくて美しいものに強くひきつけられたのを覺えてゐる。

(8)二錢や三錢のものと云つて贅澤なもの——美しいもの、と云つて無氣力な私の觸角に寧ろ媚びて來るもの。そう云つたものが自然私を慰めるのだ。

「私」の嗜好は受動的に定められる。また、みすぼらしい（媚びる）美(7)や贅沢な安価(8)という二項対立の各項は厳密には正反対の対立関係にはない。重層的・注釈的な差異化、差延は、状態・認識の不安定さを作り出し、それは世界の流動化、オルタナティヴへの回路ともなる。みすぼらしくて美しいもの、安くて贅沢なものといった拮抗する不安定な意味を持つ事物を求めることは、初出テクストの記述「浮浪」とも対応するのである。

四　《ほんもの》というアウラ

「私」はAよりもB、表通りより裏通りというオルタナティヴへの志向(9)をもっている。

(9)風景にしても壊れかゝつた街だとか、その街にしても他所他所しい表通よりもどこか親しみのある、汚い洗濯物が干してあつたりがらくたが轉してあつたりむさくるしい部屋が覗いてゐたりする裏通が好きであつた。

この点について、村田氏は「裏通りは身体がそこにあるという一点において主体の同一性が確保される世界である。消費空間は主体に対し自律的な同一性を与えない。身体こそ消費構造の器官の一つだからである[27]」と空間性を同一性の有無で把握する。

だが、同一性は環境との関係によって構成されるのであり、裏通りの空間は現在との関係を比喩的に消去することで同一性がその場だけで構成されているかのような錯覚を作ることができる空間なのである。

「私」は、自分の外部にあると思われる価値の消去と無視に伴い、昔からこればかり求めていたと自分にとっての《ほんもの》の経験を追求したいという願望を示していく。

(10)あんなに執拗かつた憂鬱が、そんなものゝ一顆で紛らされる——或ひは不審なことが、逆説的な本當であつた。

(11)實際あんな單純な冷覺や觸覺や嗅覺や視覺が、ずつと昔からこればかり探してゐたのだと云ひ度なつた程私にくつきりしたなんて私は不思議に思へる

裏通りの簡素な町並み、おはじきや花火、レモンといったシンプルそのものの事物を称揚し、重さや冷たさの実感を重んじ、昔からこればかり求めていたという必要性の発言(11)や、不確かななものを本当(10)と呼ぶように、「私」は、身体的／精神的な《ほんもの》の経験を取り戻そうとする。

こうした《ほんもの》の経験の可能性を回復させようとする「私」の営為は、アンチモダニズムの流れに位置づけられよう。アンチモダニズムは、快適さをもたらす近代資本主義社会がかえって人々の生を蝕んでいく事態に対する否定を行い、近代社会を拒絶して純粋で子供のような素朴さ、人の心にある原初的で非合理的な力を回復させることがもくろまれるからである。アンチモダニズムは、「剛健なシンプルさ、道徳的確信、断固たる行動への志」[28]を求め、「しばしばエネルギーとプロセスを活性主義の立場から崇拝し、あらゆる静止した知的・道徳的システムを否定」[29]し、《ほんもの》の人生の追求は、自己にしか焦点をあてないため強烈な経験が自己目的化することになる[30]。

表通りや丸善に象徴される快適な近代資本主義社会の中心に対し、疾病や借金を可視化し裏通りやささやかな周縁的なものにアイデンティファイする「私」は、レモンを通して《ほんもの》への志向を実践する。丸善を爆破するレモン爆弾の見立てはそうした《ほんもの》へ到達しようとする運動の一環である。

村田氏は「「不吉な塊」こそ商品の美化という秘儀を暴いてしまう――近代人にあってはならない――「不吉な魂」なのであった」[31]と説き、レモン爆弾は「現実世界の告発であり、世界をずらし、見換える「たくらみ」[32]」でもあると論じる。しかし、商品を美として眺めることに「私」が憂鬱を感じ、レモンは商品を美化することで憂鬱を解消するとすれば、おはじきや本とレモンとの違いはない。商品の価値は商品自体にはなく交換・消費によって価値が生成されるならば、憂鬱を解消させるレモン爆弾は現実世界の告発ですらない。

むしろ、おはじきや本やレモン、レモン爆弾という好きなものの変更、《ほんもの》の更新は資本主義的な欲望の推移の現れそのものといえよう。大量複製生産・消費時代における商品のアウラは他との差異化の更新によって生ずる。「私」は自らを慰めるものを豪華で美しいものではなくみすぼらしくて美しいものに見いだし、丸善の商品の実物ではなくレモンによって爆破される想像が「私」を救うように、欲望の対象は次々と移っていく。さらに、「何がさて私は幸福だつたのだ」とレモンによって生まれた幸福を否定するだけでなく、「それがあの頃のことなんだから」とレモン爆弾を投じた「その日」の前後にも距離をとるように、結局「私」は満足できない。「私」は近代社会に反旗を翻した人間ではなく、(アンチモダニストとして近代人を補完し)近代社会に帰属するゆえに、美化された商品の秘儀に速やかに幻滅し、新たな商品の美的な秘儀を求めてしまうのである。

五　メランコリーと儚さの美学

レモン爆弾は、従来、「現実に対する精神の叛逆、支配的な価値観のまったき転倒(33)」と捉えられてきた。画本の集積としての幻想的な城や爆弾としてのレモンは「私」に親和し、抑えつけられる気詰まりな丸善や表通りに対立する。このことから、村田氏は爆弾は「永遠に丸善の棚で爆発寸前の爆薬として世界の自明性を問い続ける(34)」と説き、日比氏は爆発は「対峙する二つの空間と二つの身体の拮抗の暴力的な無化の喩え(35)」であるとする。両氏の見解は、対立の存在と解消として対比できよう。これに対し、本章は、資本主義社会におけるメランコリー共同体に内在する負荷の現れとしてレモン爆弾を捉え返してみたい。

レモンによる幸福は「常々私が尋ねあぐんでゐた」ものであるが、丸善では「私の心を充してゐた幸福な感情は段々逃げて行」く。こうした「私」の夢想や八百屋や丸善等での(ウィンドウ・)ショッピングは、抑圧され無気力に陥った「私」が、親和するものを《ほんもの》、真正、実在、実感と評価して回復する営為を更新する実践である。この実践は、エスポジトの指摘するメランコリーの、第一に「ある欲望から別の欲望へと移っていくが、そのどれにも満足をおぼえることができず、したがって、自己の限界を妨害や拘束として耐えしのぶような」不確実・不確定な無気力、第二に「「平静」や「歓喜」に身をささげ、わたしたちにより固有の条件として、限界や有限性を受け入れようとする」[36]真正で固有の実存の自覚という、二つの性向と対応する。《ほんもの》を絶えず更新することは、《ほんもの》、すなわち真正性自体が真正ではないということ、固有性が固有でないものからできあがっていることを意味する。メランコリーによって召喚される真正性や固有性は、主体の実存を定位し、ありうべき共同体を指示するとともに、それらが本来そうではないことを示唆する。この点で、メランコリーは現状にあきたらず新たな自分＝共同体へと生成変化しようとする運動である。

さらに、「私」の回りに自らの愛好するものを集めて世界を構成する行為は、近接を生産する行為である。お気に入りの場や商品への記憶や愛慕は、ローカルな主体性を継続的に特徴づけ、公共生活を規制する国民国家の欲求とは必ずしも合致しない。国家・社会が近代資本主義／帝国の想像力に覆われても、想像の世界で生きられる人々は異議をさしはさみ転覆することもできる[37]。その点では、なるほど、レモン爆弾は、公的に流通する商品という想像力のアイテムを利用して帝国を瓦解させる即興と解釈することもできよう。

しかし、儚さの美学は、消費の長期的持続からの逸脱によって生じる。おはじきや花火、文具、レモンを求める行為は、儚い短期持続的な更新される満足である。レモンを買うことで、「その頃」の「私」はさらなる「昔」を夢想し、一種のノスタルジーを満たしていく。「現在が、まるですでに過ぎ去りしものであるかのように表象される」「ノスタルジアと夢想との緊張関係」[38]の中に儚さという快楽が近代的な消費者として行動する主体に注入されるのである。「檸檬」は重層性が消失する流動性をもたらすテクストなのである。創造＝観察のコンストラクションは、物語の行為構造であると共に時間構造でもあり、かつての嗜好と現在との落差の反復がこうして「檸檬」にも儚さとして具現する。

メランコリーは、絶えず変転しズレながら対立・拮抗を作り出し主体と共に共同体を更新しようとする。とすれば、レモン爆弾はメランコリー共同体の負荷として対立を可視化するとともにその対立を崩すための使い捨ての道具である。ただし、それは儚さの美学によって、対立の無化ひいては主体・共同体の変容を一時的／想像的に招来するものの、効力を速やかに喪失し、他のものに交替・交換させられてしまう。儚さの美学は、こうしてレモン爆弾の即興的な効果を速やかに消失させるのである。

（1）「梶井基次郎『檸檬』論」（『論究日本文学』一九九九・五）三七頁。
（2）「身体・空間・心・言葉」（『佛教大学総合研究所紀要別冊京都における日本近代文学の生成と展開』二〇〇八・一二）一一三頁。
（3）前掲「身体・空間・心・言葉」一一四頁。
（4）『さまよえる近代』（平凡社二〇〇四・六）二三頁参照。
（5）前掲『さまよえる近代』三一八頁。
（6）注5に同じ。
（7）前掲『さまよえる近代』三二〇頁。
（8）前掲『さまよえる近代』三二九頁。
（9）岡田温司「ナポリ発、全人類へ」（『近代政治の脱構築』講談社二〇〇九・一〇）一四～一六頁参照。
（10）前掲『近代政治の脱構築』六四頁。
（11）前掲『近代政治の脱構築』六五頁。

(12) 前掲『近代政治の脱構築』七三頁。
(13) モーリス・メルロ=ポンティ「資格と業績」(『現代思想』二〇〇八・一二)一四頁。なお、ジャコブ・ロゴザンスキー「キアスムと可逆性」(『現代思想』同)は、肉における欲望や諸身体間の争い、他者との合体の努力を説く。
(14) エマニュエル・ドゥ・サントベール「メルロ=ポンティ現象学の統一性と連続性」(『現代思想』二〇〇八・一二)五七頁。
(15) ジョージ・レイコフ&マーク・ジョンソン『肉中の哲学』(哲学書房二〇〇四・一〇)一五頁。
(16) 前掲『肉中の哲学』六二三頁。
(17) 前掲『肉中の哲学』一五頁。
(18) 内田照子『評伝評論梶井基次郎』(牧野出版一九九三・六)二七六頁参照。
(19) 前掲「身体・空間・心・言葉」一一二頁。
(20)「遊歩する少女たち」(『少女少年のポリティクス』青弓社二〇〇九・二)八七頁。
(21) 前掲「遊歩する少女たち」一〇一頁。
(22) 前掲『肉中の哲学』一二頁。
(23) 注20に同じ。
(24) 小著『語り寓意イデオロギー』(翰林書房二〇〇〇・三)三三~三五頁参照。
(25) 前掲『肉中の哲学』六三三頁。
(26) 注25に同じ。
(27) 前掲「梶井基次郎『檸檬』論」三三頁。
(28) T・J・ジャクソン・リアーズ『近代への反逆』(松柏社二〇一〇・四)七七頁。

(29) 前掲『近代への反逆』七七頁。
(30) 前掲『近代への反逆』七八頁参照。
(31) 前掲「梶井基次郎『檸檬』論」三八頁。
(32) 前掲「梶井基次郎『檸檬』論」四〇頁。
(33) 鈴木貞美『梶井基次郎の世界』(作品社二〇〇一・一一)六七頁。
(34) 注32に同じ。
(35) 前掲「身体・空間・心・言葉」一二〇頁。
(36) 前掲『近代政治の脱構築』七五頁。
(37) 前掲『さまよえる近代』七〇頁参照。
(38) 前掲『さまよえる近代』一五九頁。

7 メタフィクションのコンストラクション――筒井康隆『文学部唯野教授』

一 転位するメタフィクション

1 メタフィクションのコンストラクション

筒井康隆『文学部唯野教授』（岩波書店一九九〇・一、引用は岩波現代文庫二〇〇〇・一）は、作家野田耽二として隠れて小説を書いていた早治大学教授唯野仁は、立智大学で文学理論の講義を行いつつ、非常識な同僚たちとの関係に苦しみつつ友人の昇進工作をめざしていたが、マスコミに作家としての正体を暴露されてしまう物語である。本作は、九〇年代初頭のいわゆる文学理論の季節に出たマルカム・ブラドベリ『超哲学者マンソンジュ氏』（平凡社一九九一・五）やギルバート・アデア『作者の死』（早川書房一九九三・一一）のような批評理論メタフィクションの一つでもある。

本章では、細部の語彙・レトリックとマクロなテクスト／言説構造との関係を解釈的に対象化する操作概念コンストラクション（construction）を用いて、『文学部唯野教授』のレトリック、講義の理論構造、プロットレベルでの意味を考察する。

(1)向きあっている唯野と牧口の頭から断続的にぽかりぽかりといくつかの白い雲が発生して上昇し、中ほどの宙で両者の雲は融けあい、大きな雲となる。その雲の中に頑固そうな初老の顔が浮かびあがった。（一）

(2)「この『文学部唯野教授』という虚構テクストに於ては」と、唯野が喋りはじめる。「君の文壇ジャーナリズムの規範と、ぼくの、メタ物語に依存していたため、今や衰退の危機にある大学というものの規範との対置に、テーマのひとつが置かれている。」(六)

(1)では二人の思考内容を漫画の吹き出し的に描写する。現実とは異なるイメージを把握=構成することで、相互理解を可視化している(メタコミュニケーションの開示)。次に、(2)で物語世界内で編集者番場と会話している唯野は、『文学部唯野教授』を大学と文壇との対立に注目して読むよう読み方を指示し、登場人物の役割を規定する(自己状況設定の強化)。さらに、(2)は虚構内の存在が自らの虚構性を自覚しているという語りの水準の侵犯を犯す転説法である限りで、同時にテクスト自体が「虚構」であることを自ら暴露することになる(虚構性の自己暴露)。

しかし、それは語りの水準の侵犯というテクストの境界の失効ではない。自らが虚構上の存在であると自認する人物の活動という物語内容を構築する転説法は、物語世界外的な世界と想定される場面と関連づけられる存在を物語上の人物と見なす物語内容の観察を行うステージ・モデルのバリエーションである。むろん、認知言語学のステージ・モデルではステージと概念化者の関係は断絶するのに対し、メタフィクションの場合はステージと概念化者との相互作用によって対立する二項が接続する効果を与える。つまり、疑似的な物語世界内/外を転位=接続する転説法は物語世界内の技法なので境界は機能している。

2 接続=転位のコンストラクション

そうした接続=転位の例を見てみよう。テクストには(3)のような変身表現が複数ある。

⑶唯野を見つめている斎木教授が突如カボシ肉腫の塊となった。（六）

⑶は斎木がエイズ感染者であるという唯野の差別意識が作り出したA＝Bという比喩である。また、「井森は突如蟻巣川となり、喋りはじめた。」（四）という物まね表現もある。これらは、とりもなおさずAがBになるという転化の表現なのである

さらに、テクストには⑷のような暇つぶしの連想表現も複数例ある。

⑷退屈さのあまり、レオナルド・ダ・ヴィンチはなぜあのように解剖学だの航空力学だの水理学だの天文学だの機械工学だの土木学だのの分野で次つぎに発明や発見や著作を行ったのかと考えはじめた。早くやらないと産業革命がくるからだという結論に達した時、やっと井森が尻をあげ、日根野と共に出ていった。（六）

未発見Bから発見Aに至る理由は早くしないとその時期が来るからだという唯野の暇つぶしの脱線は、客観的根拠が明示されず、時間がその転換を保証するという枠組みである。このタイプはAからBへのスライドが自動的に自明化される構文なのである。唯野の饒舌、幻覚⑸や夢もまた日常世界を異なる具合に異化する点で、AからBへの転化がなされる。

⑸地面の波動と蠕動。のべつまくなしのティンパニー。初夏の晴天のデリンジャー現象。大混線したままでなだれこんでくるテレパシイ。「何もかも無駄になったな」「貴様も辞職だ」「ひひ。ひひひひひ」魔女の嘲笑。「マクベス」「マクベス」「森が動くとか、人気作家になったとかでない限り、お前の教授の地位は安泰だよ」

(5)では文学賞受賞を知った蟻栖川教授の叱責のショックによって唯野の認識で現実と『マクベス』とが融合する。また、教授会で牧口が狂乱する夢を教授会の前に見る事例は蟇目助手の狂乱が牧口狂乱の夢に影響しそれが現実に干渉する。異質な要素が接続し転位するコンストラクションがプロットを作る『文学部唯野教授』は、日常から非日常へ接続＝転位するのであり、メタフィクションとはファンタジーの別名であると言えよう。

二　虚構の理論

さて、『文学部唯野教授』のもう一つの特徴は講義にある。

唯野は前期講義の最終回で後期で扱う自身の方法論を(6)のように予告していた。

(6)今までの文学理論というのは歴史、宗教、哲学、美学、言語学、民俗学、政治学、心理学といった、あらゆる分野から借りてきた借りものの理論が多かったわけだけど、虚構の、虚構による、虚構のためだけの理論というものがあり得るかあり得ないか。むしろ虚構の中から生まれた、純粋の虚構だけによる理論でもって、さっき言ったようなあらゆる分野の理論を逆に創造してしまうことさえ可能な、そんな虚構理論は可能か。（九）

唯野は、虚構の虚構による虚構のための理論を唱える。講義の元ネタであるテリー・イーグルトン『文学とは何か』[1]（岩波書店一九八五・一〇旧版、一九九七・二新版）の旧版の目次(7)で示される内容のうち、唯野は実際の講義では１章～４章を九回にわけている。

(7)序論文学とは何か?／1英文学批評の誕生／2現象学・解釈学・受容理論／3構造主義と記号論／4ポスト構造主義／5精神分析批評／結論政治的批評

後期の講義に回されたマルクス主義批評の全てを歴史化せよというテーゼからすれば、文学は限定的・局所的なカテゴリーであり、普遍的・超歴史的なカテゴリーではない。イーグルトンは、「文学」を「客観的に存在するものではな」く「文学を構成している価値判断は、歴史的変化を受け」るものであり「社会的イデオロギーと密接に関係している」(t25)と説いていた。文学の言語形式は文学の政治性・道徳的イデオロギーそのものとすれば、純粋性が存在しないのに文学を創作する行為の純粋性を語る唯野は、講じている理論を理解していないようにも見える。唯野の純文学への志向や脱線する饒舌からは、講じられた理論の中で唯野の目指す理論に近いのは新批評やイェール学派的脱構築である。ポスト構造主義は、テクストを「なにものにも還元しえない複数性をもつもの、記号表現の終わりなき戯れとみて、それを単一の中心、本質、意味へとつなぎとめることは絶対にできない」(t214)とし、唯野もテクスト冒頭で非本質的な文学観を学生批判の中で蓋目に語っていたからである。

むろん、イーグルトンの歴史化する言説もまた歴史化されねばならない。批評理論史では言説に普遍がなく局所的・断片的であるという主張は定番の普遍的な主張である。純粋な虚構が存在しないように純粋な非虚構も存在しない。唯野の虚構の中心化を、世界は虚構として認知=構築されるとずらせば根元的虚構論(2)は唯野の可能性の一つであり、理論は常に虚構由来とも言え、過去の言説を常に現在化していくことに研究の批評性もある(3)。

一方で、『文学とは何か』は、精神分析をポスト構造主義の後に配置する。イーグルトンは精神分析を批判しない。「フロイト主義が、心的諸力の客観的分析に終始する科学であることは間違いのないことだとしても、それはまた、人間から欲求充足や健全な生活を奪うものから、人間を解放することを目指す科学でもある」(It294)と精神分析を肯定するのは、心理学として誤謬を抱える精神分析が理論的に新しいからではない。イーグルトンの主張に根拠をもたらす理論装置として理論史を方向付ける動因を提供するのが精神分析なのである。このため、『文学部唯野教授』では精神分析が、地の文や唯野自身の言動での差別意識や語りの下ネタに反映するだけでなく、夢見による事態の展開としてプロットを作り上げているのである。また、マルクス主義・フェミニズム批評が講義から消去されることで、『文学部唯野教授』は、純文学を志向する唯野がヒロインによって主体化するという、没理論的な価値の接続＝転位のプロットが可能になる。

三 超越的な視覚

さて、『文学部唯野教授』では、大学人の異常・非常識ぶりは大学組織に不可避なものとされ、文壇人の非常識さは担当編集者・記者などの個人的行為として描かれる。これは焦点化子が大学側に位置するため、接触する外部は個人のかたちをとるからである。

こうした大学の危機において唯野は文壇へと転身する。危機は制度・ジャンル転換を構造化するシステムの特徴でもある。制度・ジャンルの特性は(2)のような対立図式の中で措定される。

大学と文壇、マスコミの狭間で苦しむ唯野は、分裂したコードの統一(8)を夢想する。複数の場を統合する統一コードとは、マスター・ナラティヴに他ならない。ただし、普遍的・全体的なマスター・ナラティブの効力は歴史的にも原理的にも常に局所的・限定的であり、そうした限定コードをマスター・ナラティヴと規定できるのは限定コードが有効な時空間の中である。それゆえ、マスター・ナラティヴを求める主体の指向性が問題となる。

(8)「大学とマスコミと文学、この三つのコードをひとつのコードに転換できるいいプログラムは作れないものでしょうか」(六)

また、「わたしが作家野田耽二を愛していることまでが、やましいことにな」(二)るという言葉が端的に示すように、ヒロインが本当に愛しているのは、教授唯野ではなく、作家野田である。唯野もまた「グレートヘンならもう学内にいる」(二)と編集者番場に告げているように、教授としての体面を守ることを捨て作家として生きる唯野の元にヒロインが救済をもたらすかのようである。結末のヒロインとの再会直前での唯野の幸福感(9)は、章末に現れた女性との関係が次章で展開する『文学部唯野教授』のこの結末においてヒロインとの関係修復を含意する。

(9)作家になれたというだけで、擬似体験的には海千山千のおれともあろうものがこれほど幸福になれる筈がないのだ。いったいなぜだろう。幸福だなあ。(略)唯野は視線をあげた。榎本奈美子が立っていた。(九)

(9)はヒロインを認識する以前に幸福の空間に唯野がいることを意味する。ここで参照されるのは、唯野の純粋性への志向(10)である。

(10)「食っていこうとすればどうしても不純になります。それはもう大学だけで沢山。そして大学において言語に対する実験のゲームが場所を持ち得ない以上、純粋に文壇外社会から純粋に享楽的に純粋に小説のみ書いて文学に参加する。これがおれの純文学」(二)

生活と結合することを不純と見なす芸術至上主義の通俗的な主張と共に、文壇の外部から文壇に干渉しうる特権的な文学的立場を唯野は「純文学」と高く評価する。葛藤する諸コードを文学で統合するのが唯野の志向であり、その「純粋」が当該の場への外部からの介入によって成立するという点に注目したい。

すなわち、内的純粋とは外部との交渉によって構成される不純物であり、制度・ジャンルの潜勢的な特質は、対象の中に何らかの超越的なものを見出そうとする主体が持つ見ることの欲望の中で探られる。現在性とは異なる可能性を見る行為は、目の前の対象を受動的な構えの中で認知・記録する水準で生じるのではなく、「見なければならない」という人が己の既存の状態を超克しようとする認識論的‐存在論的に上昇する視覚的な悟性の中で実践される。こうした視覚の運動において、作家としての野田に接するヒロインの眼は「金色に光ったように見え」(二)る。唯野の幸福はこのヒロインとの再縁自体ではなく、唯野がヒロインの帰属する読者共同体に包含されるプロットを意味あるものとする接続＝転位するコンストラクションによってもたらされているのである。

四　メタフィクション論のために

メタフィクションは、小説が言葉によって作られたフィクションであることを利用して、フィクションの中でフィクション制作過程を提示する自己言及性によって、小説の虚構性を強調し、フィクションと現実の関係を再考させる点でアイロニカルなフィクションと言えるだろう。

中村三春『フィクションの機構』(ひつじ書房一九九四・五)がフィクション制作過程を提示するテクスト内的な表現構造に注目し、巽孝之『メタフィクションの謀略』(筑摩書房一九九三・一一)が時代のイデオロギー・神話というテクスト外のフィクションの言及としてメタフィクションを捉えるように、フィクションがフィクションに言及する関係性の領域は異なっても自己言及性は共通する。

本章では、メタフィクションの語りの水準の侵犯や頻繁な語り手の交替現象を接続＝転位のコンストラクションとして表現と内容双方に共通するものとして捉えた。言葉遊びや人物の操作を含むそれらの現象は、参照点移動や心的経路による異質な要素の接続がなされると考えられたからだが、そもそも、リアリズム・テクストにおいても予め存在している事態を再現表象しているわけではなくむしろ創造＝操作している。同様に、メタフィクションでは言及フレームによってフィクションが創造＝操作される。

そこで、メタフィクションの言及フレームの認知モデルを整理してみよう。

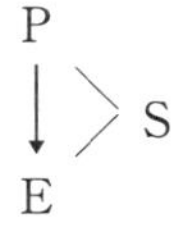

Pプロトタイプ
Sスキーマ
E具体例

図1ネットワークモデルによる相互関係

中村氏が指摘する堀辰雄「美しい村」のフラクタル現象や宮沢賢治「薤露青」の天・地・人の統合は細部と全体との写像関係を前提とし[4]、中村氏はそうした照応が完全に達成されるのは限られたテクストとしている。中村氏の理論モデルは、写像関係が成立する各項（P—E）間に共通するスキーマ（S）を見出す提喩的なモデルであるジョージ・レイコフの不変性仮説[5]に半ば対応すると考えられる。このP—E関係が同一化／拡大／縮小関係であることは共通項としてのSが見やすいが、それに限られるわけではあるまい。P—E関係が矛盾・挫折・不和を生じる場合においても、Sは対立的図式あるいは自己言及的アイロニー的な図式として機能するのではないか。

そう考えてみると、書くことをめぐるメタフィクションの二大類型、同形対応型メタフィクション（小説内の作家の書く物語が小説とほぼ同じ場合）と作品執筆構想挫折型メタフィクション（小説を構想・執筆し始めるが挫折する場合）とは、次のように説明できるだろう。これらは、第一次物語言説であるテクスト（E）が登場人物の第二次物語言説であるテクスト（P）の拡張としてある。登場人物の小説構想という相対的により小さな物語（P）が、小説テクストという語り手のより大きな物語（E）へと具体化していくモデル図1において、プロトタイプと具体例の間には共通項（S）が抽出され、そのSの成功／挫折の物語として両項が接続している。

言及には一致だけでなく反転もあり、さらに差異を生み出す機能がある。言及によるP―Eの反復は、Sによって接続されるが、それはP≠Eとして定式化される。なぜならば、言及行為とは文脈において動機づけられた出来事であり、メタフィクションはそうした断片を言及・操作することでテクストに新たな解釈項を与え意味生成を行うからである。

したがって、このモデルは、物語の約束事や言語・芸術そのものの規範によって言葉の増殖を行うタイプのテクストや、ストーリーに注釈を入れるタイプのテクストにも該当する。前者は当初のストーリー（P）から抽出された約束事・規範（S）に基づいて次々とテクストが自律展開していく（E）ことになり、後者は当初のストーリー（P）に対する注釈（E）を重ねていくことでSを差異化する。

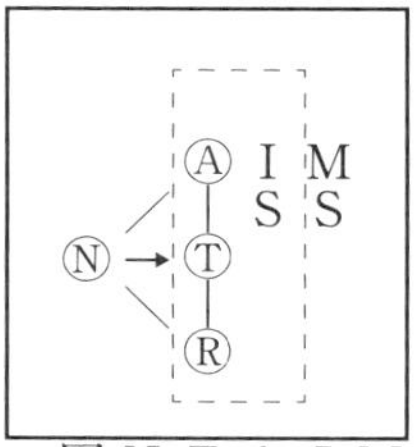

MS　最大領域
IS　最小領域
A　作者　R　読者
T　テクスト
N　語り手
図2　パースペクティブと主体の役割

また、作者／読者をめぐるタイプのメタフィクションは、擬似的なテクスト（T）と作者（A）／読者（R）の関係に焦点をあわせることで（IS）、語り手（N）はテクスト（MS）を創造するというモデル図2として捉えられるだろう。

（1）『文学とは何か?』新版の引用は（It頁数）で表記した。
（2）中村三春『フィクションの機構』、同「虚構論と〈無限の解釈項〉」（『iichiko』二〇一一・一）参照。
（3）坪井秀人「文化財への奉仕」（『日本文学』二〇一一・五）参照。
（4）『花のフラクタル』（翰林書房二〇一二・二）・『修辞的モダニズム』（ひつじ書房二〇〇六・五）参照。
（5）「不変性仮説」（『認知言語学の発展』ひつじ書房二〇〇〇・八）参照。

インターミッション

明治文学断章

一 戯作者と自由民権

松原真『戯作者の自由民権』（和泉書院二〇一三・一二）は、仮名垣魯文を開化期の庶民の生態を表面的に描き政府の意向に基づいた作家とする把握を否定し、魯文が最も力をもっていたのは新聞人として自由民権運動にコミットしていた時期であるとして、魯文とその門弟達の活動から、文学史を書き換える好著である。

第一部は仮名垣派の動向をめぐる論考編である。第一章「仮名垣魯文と林正明」は、福沢諭吉の啓蒙主義への批判における『近時評論』の林正明と『仮名読新聞』の魯文との連携が、自由民権獲得のための武器として戯作の文体への政治小説の接近となったとする。第二章「反新聞紙悪徳論」は事実であることを政府に保証された戦争報道に対しての闘争として官吏らの醜聞記事を対置する。第三章「毒婦物の法廷」は官吏を罰する毒婦を悪役として設定することで政府の法言語に追従するようでそれを崩す物語として毒婦物を位置づける。第四章「『相州奇談真土廼月畳』試論」は裁判制度への期待が崩れ合法的解決策も見出せない時点での蜂起を描くことで、法令遵守よりも下民への温情を優先することを理想化していたと説く。第五章「時事文学の政治小説化」は仮名垣派の自由民権運動への関与の転換点に『板垣君近世紀聞』を位置づける。第六章「魯文、社長を辞す」は魯文の凋落の始まりであるいろは新聞社社長辞任は言論統制だけではなく文壇の実力者への文壇の監視からの逃走であるとする。第七章

「戯作者の自由党時代」は、自由民権期の戯作者は無思想であるとする野崎左文の回想は魯文や他の仮名垣派の動向の実態と異なり、自身の動きを正当化するためと説く。第八章「二世花笠文京」は、絵入自由新聞社に関与した二世花笠文京の小説を社の知名度の向上と民権思想の堅持として捉える。

第二部は資料編である。魯文の関西行きをめぐる発言・報道の集成、第一章「魯文西遊」と、第二章「「いろは新聞」仮名垣魯文関係記事稿」からなる。

第一部の卓見にはうならされた。小著『政治小説の形成』（世織書房二〇一〇・一一）で論じたように、政治小説は〈政治小説〉としてのジャンル意識をまだ確立していないとすれば、〈政治小説〉ならざる政治的物語間の政治抗争なのである。一方で反政府性からの評価は逍遥と仮名垣派の文学的軌跡の一面のみを捉えるにとどまらないだろうか。そうした意味でも氏の第二著を期待する次第である。

二　日本立憲政党新聞の小説欄

日本立憲政党新聞（一八八二・二〜八五・九）は、日本立憲政党が大阪日報を買収し、中島信行を社長、古沢滋を主筆に、日本最初の政党機関紙となった。紙面は四面からなり、「中央政府公布諸達」・「府県公布諸達」・「日本立憲政党新聞」・「雑報」・「ルートル電信」・「外報」・「斯文別覧」・「大阪商況」・「物価」・「広告」等の諸欄が立てられた。

私が、日本立憲政党新聞に注目するのは、その文芸欄の展開にある。近代小説成立過程において、新聞に小説欄が自立していくことは、現実とは異なる小説意識の明示として重要な意味を持つ。従来の〈政治から文学へ〉という図式では、坪内逍遙の読売新聞あるいは改進党系の報知新聞が重視されよう。だが、自由新聞に小説欄が独立したのは、読売新聞よりも早い一八八三年九月の「稗史綺談」欄（夢柳居士「憂き世の涕涙」）だ。そして、日本立憲政党新聞では、さらに早く、一八八三年六月六日に、「稗史戯曲」欄が創設されている。それまでの案外堂主人「法燈将滅高野暁」（八三・四・二〇〜五・二四）が「雑報」欄内で縦罫線で他の雑報と仕切られていたのに対し、その後に連載された無署名「名節三葵」（六・六〜七・二四、ヒュギーヌス「友情」の翻案）や案外堂主人「新編大和錦」（八・一一〜一二・一二）は「稗史戯曲」欄に掲げられている。前掲『政治小説の形成』で論じたように、〈政治小説〉の成立と近代小説の成立が同期していることを踏まえるならば、これらの自由党系のメディアはさらに評価されねばならない。

三　「真の友」と「走れメロス」の間

中村善兵衛『新編三枝物語』（文宝堂一八八五・九）は、木曽路の古老に二十年前の幕末の三枝藩を舞台とする物語を聞いた御風仙史の談話を編者が書き写したという枠物語で始まる。藩主三枝秋政は暴君であり、己の興のために城下町に火をつける。忠臣梅沢右京之助は諫めるが閉門を命じられ、奸臣のみがのさばる。一方、農民民蔵は義助と出会い憂国の情から義兄弟となる。秋政の妹照姫は、寺に参拝し、奸臣熊沢の恋文を六郎次から渡されるが拒絶する。そのとき、寺で火事が発生し、義助が照姫を救うが、山津波が起こり、二人は行方不明となる。一方、梅沢の娘竹里、竹田左京の息子左右三郎が奸臣の陰謀を探るため城内に忍び込んだが竹田に捕らえられる。竹田は、梅沢に主君暗殺の罪をかぶせて切腹させ、自らは許される。これを知った民蔵は、主君に直訴するが、捕らえられる。民蔵は後事の始末のために、処刑の前に三日間の人質を親友の信濃屋精七に頼む。民蔵は、雨のため一日川を渡れない等の苦難を越え、刑場に戻ってくる。二人の「真情至誠の刃に貫かれ」た秋政は改心し、二人と義兄弟の契りをかわす。また、奸臣熊沢らの三枝藩乗っ取りの陰謀を暴いた竹田・梅沢や、照姫暗殺未遂の実行犯を捕らえた照姫・義助が現れ大団円となり、以後、三枝家は栄えた。

このように『新編三枝物語』は、松沢求策『民権鏡加助の面影』（一八七八）と同じく、お家騒動と義民譚が結びついている。また、結末にも「政道は国家の命脈其の改革は国家の大事」であり「改革を穏和になせしは洵に古今に稀なる例」であり「道は一のみ誠の一字」だと政論が簡潔に付され、政治的主張が浮上する。

ところで、結末に至る挿話はどこかで聞いたことがあるだろう。そう、太宰治「走れメロス」（『新潮』一九四〇・五）である。「走れメロス」は、末尾に「古伝説とシルレルより」とあるように、シラー「人質」（『新編シラー詩抄』改造文庫一九三七・七）とヒュギーヌス「友情によって最も堅く結ばれた者たち」（『神話伝説集』）の翻案とされる。一方、『新編三枝物語』は、「真の友といふ泰西の古詩を基礎にし」たと「はしがき」にあるように、ヒュギーヌスの翻案である。この点で、『新編三枝物語』は、日本近代文学におけるラテン文学受容の先駆として評価されるのではないか。

四　明治の手紙・解題

◉中江兆民

中江兆民（一八四七～一九〇一）。本名篤助。自由民権運動の理論的指導者。仏学塾を主宰し、『欧米政理叢談』に連載された「民約訳解」等の、『社会契約論』の翻訳によって、「東洋のルソー」と呼ばれた。民権運動への理論的影響の重要性から、三大事件建白運動を沈静化させるべく政府が施行した保安条例では、東京退去を命じられた。『朝野新聞』一八八七年一二月三一日に掲載された、この手紙は、そのときのもの。手紙では、一見、志士を「一山四文」と否定しているが、「国の為め民の為めに自玉せよ」という如く、一定の役割を評価している。

末広重恭宛　明治二〇（一八八七）年一二月付

末広君余ハ実ニ恥入りたり此度一山四文の連中に入れられたり満二ヶ年東京に在ることを得ず因て一先浪華に退

去す自由平等の主義益々可尊哉明治政府の仁慈も亦至矣哉急遽に出づ覶縷する能はず
即日篤介生
鉄腸君蒲団下
渭北江東相隔るも霊犀相通乞ふ国の為め民の為めに自玉せよ（『中江兆民全集』第十六巻、岩波書店）

◉植木枝盛

植木枝盛（一八五七〜一八九二）。自由民権運動土佐派の理論的指導者。『民権自由論』等の俗語体の政治論文や、「民権数へ歌」等の俗謡、演説等によって民衆啓蒙の実践に挺身し、税制反対闘争の一環として全国酒造家大懇親会（酒屋会議）を組織した。この手紙は、愛国社に参加し植木とも親交ある酒屋・佐々木に会議を通知したもの。なお、児島稔・小原鉄臣は、「日本全国ノ酒屋会議ヲ開カントスルノ書」に署名した発起人であり、弾圧と戦いながらの開催であることが窺われる。また、文末には珍しい植木の漢詩もある。

佐々木泰吉宛 明治一五（一八八二）年三月二六日付

（前略）児島、小原之両人は不幸にも刑事に羅り一度禁錮之身とも相成候得共、此頃はいづれも出獄いたし候間五月之会議には差支も無之、其上会議之賛成者は東西沢山に有候之間、此上は必に約束之通五月一日を期し会議相開可申候間其御含にて御出席被成下度、尤も会場は只今より確定致兼候に付き、大阪へ御着に相成次第大川町六十九番旅籠宿原平兵衛方迄御尋被下度、先は此段得貴意度如此御座候。／三月廿六日／枝盛／佐々木泰吉様／無題／米価頻昇税漸衰／村々鼓腹酒為池／却憐寒士無耕畝／只向青山説伯夷／酔易草（『植木枝盛集』第十巻、岩波書店）

◉坪内逍遙

坪内逍遙（一八五九～一九三五）。本名雄蔵。明治前期における文学観の転換をもたらした小説家・評論家であり、明治後期から大正にかけては演劇分野でも活躍した。この手紙は、当時、『早稲田文学』の主幹であった本間に、逍遙が同年二月から一二月にかけて同誌に連載した「五十年前に観た歌舞伎の追憶」の原稿についての打ち合わせである。当時逍遙は熱海に滞在しており、挿画となる写真の差替や文章の変更などは、逍遙が自宅に戻るまで手紙で指示された。

本間久雄宛 大正九（一九一〇）年一月九日付

其後いかゞお暮しに候哉さて「五十年前に観た歌舞伎の追憶」十行二十字詰七十葉（三十五枚分）を一度に掲げたく候が御都合いかゞ（中略）

又走り書故原稿きたなくどうしても自分で校正する必要有之候故可相成はすぐ印刷に着手することをお命じありて校正を熱海に向けて御差出し下されたく候（中略）第一回分には挿画はなく候入れば入れることが出来れど惜しいかな材料が皆宅にあつて如何ともいたしがたく候

先は取急ぎ用事のみ草々／九日逍遙／本間久雄君（『坪内逍遙研究資料』第二集、新樹社）

◉二葉亭四迷

二葉亭四迷（一八六四～一九〇九）。本名長谷川辰之助。ロシア文学への造詣から『浮雲』・『あひびき』によって近代小説表現の新たな段階を開拓した小説家・翻訳家。その後、北京の警務学堂（警察学校）の提調（事務局長兼副校長）として対ロシア諜報活動に従事し、帰国後にはロシア革命家と接触するなど、国士たらんとした。この手紙は北京時代のもので、内田公使を小人物と酷評し、権謀術数によって中国側を動かそうとする決意と行動とを語っている。むろん、清国政府経営の学堂に、謀略活動を行う資金を日本人に与える余裕は余りないはずで、国際政治の最前線に関与しているという気負いが、こうした誇大な表現をもたらしていると思われる。

坪内逍遙宛 明治三六（一九〇三）年五月二五日付

（前略）支那人をつゝき早く日本の味方として露国に向ひ断然たる決心を持て談判させねは埒明くまじく候はんが（中略）奮起せしむること実に困難に候しかしとうしても一面には威嚇一面には買収して表面上たけにても奮起せしめねば日本の国運に大関係ある情態に推移るべく候へはこれたけは我々死力を尽してもやり遂げねばならすと存じ候最早、公使などはそつちのけに候学堂の財力の許すかきり場合に依りては借金しても十分に支那人側に手を延ばし躍起運動をやる考えに候いや現に着手いたしをり候次第に候（後略）（『二葉亭四迷全集』第九巻、岩波書店）

◉幸徳秋水

幸徳秋水（一八七一～一九一一）。本名伝次郎。民権運動の影響を受け中江兆民の弟子となり、社会主義者として平民社を結成し非戦運動を展開し、また直接行動論を主張した思想家。後に、大逆事件の冤罪で処刑された。この手紙は、秋水の処刑前夜に執筆され、その死後に投函されたもの。秋水は、獄中で脱稿した『基督抹殺論』を刊行すべく、その序文を三宅雪嶺の他、堺利彦・田岡嶺雲等に依頼し校正刷まで進んだが、検閲当局の意向により、刊行版ではそれらの序跋を外された。文面を読む限り、秋水は刊行決定や序文の削除を知らないが、ともあれ雪嶺の序文執筆を喜び、死を迎えようとしていた。

高島米峰宛 明治四四(一九一一)年一月二六日付

一昨日、発信の許可を得たれど、同日、堺から、雪嶺先生の序文を郵送されたと聞き、其れを見た上でと、執筆を延ばして居た。〇序文先刻下渡されて拝読、先生の慈悲、実に骨身に沁みて嬉しく、何となく暗涙が催された。僕は、此の引導により、十分の歓喜、満足幸福を以て成仏する。(中略)〇アノ本が、果して出せるかどうかと懸念して居たが、今日、小泉三申からの来書の中に「基督抹殺論は、差支なからんと、警視総監殿も言つて居られた」とある。して見れば、マー差支なからむと、楽しんで居る。(中略)〇一月二十三日夜認。(『基督抹殺論』岩波文庫)

Ⅱ 幻想／ジェンダー／地域スタディーズ

1　恋愛とディストピア――北村透谷「我牢獄」・「星夜」・「宿魂鏡」

一　はじめに

北村透谷は「我牢獄」（『白表女学雑誌』一八九二・六）・「星夜」（『白表女学雑誌』一八九二・七）・「宿魂鏡」（『国民之友』一八九三・一）という幻想小説を書いている。

フレドリック・ジェイムソンは、そのSF論でユートピアを「閉止＝完結性を持つようになった表象」[1]とし、ユートピア空間を「永久不変に思われる社会的全体性の領域を基本原理とすることで、実践的政治からのユートピアの距離を暗示する」「現実の社会空間のなかの想像上のエンクレーヴ」[2]と規定する。これを幻想文学に置換すれば幻想空間とは閉止＝完結性をもち歴史的文化的な力の交錯の中に生まれる一時的な静止状態と言えよう。

また、ジャック・ランシエールは、政治は「政治主体とその操作が属する世界を可視化させる」「政治に固有な空間の布置の構成」であり、「ただ一つの世界における二つの世界の現前として、非・合意を表明する」[3]と規定する。政治は不可視の力学を可視化し政治に固有な空間を作ることである。幻想文学は一つの世界における二つの空間の不合意を示す。日常世界／言説に対する衝撃／批評として不可視のポテンシャルを可視化しアクチュアルにする幻想文学の二元論的力学をランシエールの政治で捉えられよう。

衝撃を内容レベルで捉えるモデルとして、存在しないが存在するかに見え、複数的・一方的・能動的に働きかける亡霊を世界秩序を流動化させる複数化された起源・宛先・メッセージの行為遂行性というジャック・デリダの亡霊論[4]を参考にする。ここで想起されるのは宮崎夢柳『虚無党実伝記鬼啾啾』（旭橋活版所一八八五・一〇）等の冤鬼のイメージ(1)である。

(1)夜陰風雨のときに当たらば、従来死刑に処せられたる幾百千の虚無党の幽魂、四方より飛び来りて、聖彼得堡府の中にも最とも広街ネワ河の流れに沿ひ、大帝彼得の騎馬像を安置したる所に聚り、一団の燐火となりて焔々と燃ゆるかと思ふ間もなく、散乱し、いつ滅ゆるや否や、啾々たる哭声あり。遠く耳を欹つれば、悲雁の長空に鳴くが如く、孤猿の断峡に叫ぶが如く、忽ちにして撃筑変徵の音を成し、忽まちにして弾糸絶弦の響を起し、悲愴悽然聞くに忍びず、良あつてまた燐火となり、帝宮の上に至つて呵々と笑ふなど、怪しきことの多しとかや（12）

冤鬼のイメージは、現実の帝政に対する共和政への願望を、非合理的であり強迫的に到来する亡霊として表現する。共和政が実現しない現実空間に対し、空間の境界に冤鬼は出現し、一方的に現世側に働きかける。この冤鬼のイメージを受け継いでいるのは「宿魂鏡」の幻鏡の魔力によって芳三が現実と非現実を区別できない事態を描く表現(2)であろう。

(2)何より吹寄するか風一陣颯と起りて裾を払ひ、例の敗葉をひと揺ぎするに。何者。と声鋭く紙障を開きて立出る芳三。（略）古鏡を真向の壁に抛付れば、鏘然たる音もろ共に、朦朧として異態の怪物現はれ出たり。髑髏にして髑髏にあらず、人間にして人間にあらず（略）何者ぞ、断りもなくこの室内に踏み入りしは。渠なり。髑前にも見えし事ある怪物の再び壁上に現はれしなり。両個を見て、から〳〵と高笑ひの声苦く、やがて壁を離れて、芳三の傍まで来るよと見えしが、忽ち消えて影も残こらず（下）

超常的な力は、幻鏡だけでなく屋外からの風によってでも到来するように、偏在的であり、一方的・能動的に到来し、芳三が抗うことができない点で亡霊的である。恋愛の成就がなされない現実空間に対し空間の境界に怪物・魔力が現れ、一方的に現世に働きかける。

透谷小説は現実世界では成立しない恋愛を幻想空間で展開する。彼女との非現実的な魂の接続がなされた空間を仮設し、それと日常空間と衝突による恋愛の他界性を提示する。男性主体の現実的意思・行動とは半ば切断されたかたちで魂の恋愛が夢想されるのは、女性を現実では行動する意思を持たないが、恋愛の客体として操作可能にする点で、女性嫌悪とともに現実の恋愛の断念が含意されている。

二 エンクレーヴとしての幻想のフレーム

男性主人公は現実への関与には消極的である。主人公のいる牢獄や住まいはエンクレーブとして世界の進展に対する窪地的な位置にある。「我牢獄」では、「我」は政治活動を「空しく」思い、虫を殺すことも「傷痍」となるように、現実世界に積極的に関わって生きられない。ポジティヴなものを「鬼」と感じるように「我」は外界からの圧力に非常に敏感であるが、こちら側から外界に働きかけない。「星夜」では、「我」は彼女との婚約も自ら動かず友人の周旋にまかせ、母親からの別離の通告を受け入れるだけである。「宿魂鏡」では、戸沢次官に政治の知見を期待されて書生になっているはずの芳三は、弓子の母親に家庭教師を首にされると自暴自棄になるだけで弓子を思いやることもない。政策の学としての政治は、自己や対象の安寧・利益の維持・拡大のために事態に対処することとすれば、味方を得られないだけでなく、進んで関係の切断をはかる芳三は、プライドが高いだけで政治家・高級官僚たる力量がないのである。つまり、壊れやすい被傷性を帯びた男性主人公は、恋を成就できない現世的敗北者である一方で、世界を評価・想像・享受する幻想世界構築の行為主体でもある。

ただし、主人公は幻想世界の構築も積極的に行っているわけではない。「我牢獄」では、自由の世から牢囚の世への「斯くも懸絶したるうつりゆきを我は識らざりし」と語るように、「我」はいつ牢獄という幻想世界に囚われたかわからない。「星夜」では、「言葉を交はすも不思議なるかな迷ひの始め」と、日常的な言葉のやりとりから自然に迷う。迷いとは、日常空間とは異なる恋愛空間に移行し、それを幻想空間とすることである。「宿魂鏡」では、幻鏡を持つ前から芳三は「政治学の蟹書の上に、異な姿が現はれ」（上）るように、阿梅の幻像を見るのであり、もともと幻想空間になじみやすい。透谷小説は日常空間と幻想空間が整然と分離されているわけではなく、現実への関与が希薄なため、日常空間から幻想空間へは容易に、自然に移行してしまう。

これは、男性主人公が現実と直接接続することなく、むしろ切断されているからである。「我牢獄」では「獄室にありて想ひを現在に寄すること能はず」と、「我」は現在の世界を牢獄と捉え、過去を自由とするフレームによって生の現在と遮断される。「宿魂鏡」でも、「妄執とその煩悩とが広々たる天と漠々たる地の間に此生命を繋げるもの」（下）として、妄執・煩悩が「我」と外界を媒介するフレームとなり、合理的認識が放棄される。

したがって、フレームによって世界は異なって捉えられる。「我牢獄」では、自由な過去の記憶が「我」に現在を「楽しき裟婆世界」ではなく「獄室」と捉えさせ、名誉・権勢・富貴・栄達は「我」には獄吏／他人には天使となり、「我」への折檻は他人には快楽となる。自意識による自他の境界が「獄壁」であり、消極性／積極性のいずれをフレームとするかで世界が変化している。また、「星夜」では、彼女に出会う前の「苦く辛らく面白からぬ」空間が、彼女と婚約後は光によって導かれる「甘く美しく優し」い空間へと移行するように、同じ世界が彼女によって見え方を変え、障害を透明化する。「宿魂鏡」も「地獄極楽、心辺数寸の裡にある」（下）ように、フレームによって世界が異なることを示す。

ところで、中村三春氏の改訂版タルスキの規約「Xがvに照らして真であるのは、vに照らしてpときまたそのときに限る。ただしvは真なるヴァージョン」[5]は、概念化者がフレームによって対象を把握＝構築する認知システムモデルである。この場合、システム内において観測の妥当性を検証することは困難である。

「我牢獄」では、「我眼曇れるか彼等の眼盲したる乎、之を断ずる者は誰ぞ」と同等のフレームに基づく認知では是非の判断が下せず、「星夜」では、「斯かるもの我が迷ひ入りし春にてあるなり」と、恋のフレームに基づく透明な世界認識が恋の破綻のフレームの側から「迷い」という障害として更新されるが、その都度の「我」の認識を確定させる根拠は存在しない。「宿魂鏡」でも、怪異を「己れの胸より描き出しか、この現在を狂乱といふべきか、または人間初めより狂乱に生れたるものなるか、天地斯の如き忌はしきものありて、いつか一度は、人間として必らず出逢ふべき者なりや」（下）と自問するように、芳三は原因が自己の内部か外部に由来するか判断できない。この並列関係は、「我は幻を幻と知る、幻の幻なるは知れてあれど、幻の極は実、実の極は幻なりと我に囁くものは執着の恋。」（下）と、幻の非現実性という合理的判断を、現実と幻の接続という主観的判断が覆す構図にスライドする。主観的判断は「恋しきが故に恋しき」（下）と同語反復するだけで外的根拠はない。同語反復は感情を反復することで主体の実感を強化し、「夢なるにせよ、我れ覚めたりと思ふ間は鏡の上の幻ならず」（下）と自分が現実と思えば幻ではないという幻想空間の主観的リアリティ論を展開する。

三　恋愛の他界性

透谷小説には、魂の分割／接続というモチーフが現れる。「我牢獄」では、「我霊魂は其半部を失ひて彼女の中に入り、彼女の霊魂の半部は断れて我中に入」ることで「我」と彼女は魂を分割・共有するが不完全であり、完全となるためには再度会って共有した双方の魂を元に戻さねばならない。「星夜」も「愛女を我霊魂より引き裂けり」

と婚約の破棄を魂の分離として語る。魂の分割／接続は幻想の機能であり、彼女の魂の結合が可能な幻想空間と魂が切断される日常空間との対立が構成される。「宿魂鏡」では別離直前で思いにズレのあった芳三と弓子が幻鏡の魔力空間の中で思いを共有し「この恋故に死にます、それは此方も同じ事」（下）と二人は共に死に向かう。恋が実る空間は現世空間ではなく非現世的な空間であり、精神空間や死の空間なのである。しかし、「我牢獄」の「我」は幽閉され彼女と会えないが、物理的幽閉と異なり彼女に会うことは可能である。とすれば、彼女か「我」の一方あるいは双方が会おうとしていない。「星夜」も、魂の結合は比喩である。こうして魂の接続は「我」の一方的な主張であり、実際には接続していない。

また、魂の尊重は、「我牢獄」で「我が彼女を愛するは其骨にあらず其皮ににあらず、其の魂にてあれば我は其魂をこの囚牢の中に得なむと欲ふのみ」と内向的に牢獄に入る「我」は肉体ではなく彼女の精神性を求め、「宿魂鏡」で「御身の家柄にも、御身の爵位にも、御身の富貴にも、微塵ほどの望みはなき我、何が可愛きやと、我胸に問へど、御身の姿は美くし、御身の形は尊とし、御身の眼は涼し、御身の言語は優し、御身の情は濃し、御身の魂は浄しと感ずる」（下）で芳三は弓子の家柄や財産ではなく外見・心情・魂を肯定する。精神性を説く「我牢獄」に対し、「宿魂鏡」は女性の外的な美が内的な美の指標として機能する。到達できない魂は、外部要素を参照点として隣接的に把握される。

「星夜」では「彼女を囲みたる春の色こそ我を迷はしたるものにてありけれ」と、彼女ではなく彼女の雰囲気が「我」を恋愛空間に誘う。雰囲気という隣接的な外部によって「我」を誘引する彼女という構図は見えない魂が「我」を誘引する構図と類似する。

こうして、透谷小説では女性の魂に価値がおかれるが、その価値は外部から与えられる。

第二節でもふれたように、主人公は社会の体制あるいは人々に対し被傷的であり、現世で結ばれないが魂で結びついた二人という幻想を必要としているのである。

ここで、アクセル・ホネットの承認様式の類型を参照して主人公にとっての承認様式を確認すれば、情緒的気づかいは主体が相互に相手を承認し自分を再認識し合う相互行為が間主観的に共有する愛の関係である点で、三作の主人公はヒロインの愛によって自己承認が得られると考えている。しかし、認知的尊重は社会契約という相互行為によって間主観的に共有される法の関係であり、道徳的潜勢力が主体間に備わり、間主体的相互行為を媒介として法的コンフリクトの解決をめざす(6)とすれば、主人公はその愛を社会的・法的に承認させる能力・実践をもたないのである。この受動性のため、「我牢獄」では「我」は恋を成就できずに自殺し、「星夜」でも成就できないため恋を断念する。それに対し、「宿魂鏡」では死の世界で恋が成就したかのようである。改めて確認してみよう。

芳三は「恋よ、我が学問を捨て、栄達を捨てたるを、汝、我を変物と嘲るか」（下）と恋心を持ったまま出世を断念したと語るが、別離時では「気の弱いは我の持性。田舎に御出なされたらこの妾は。何うなと為さるが宜し」（上）と弓子を突き放すように恋も断念している。恋愛への芳三の異常な執着は、事後的に芳三に与えられたものである。清水均氏が「芳三はその意識に関わらず、否応なくその内面を変えてしまう強大な外的な力に支配されている(7)」と指摘するように、幻鏡が芳三を支配している。物語の機能としては、幻鏡は主人公とヒロインを共に死なせ、死の世界で結ばれる効果を作る装置である。

さて、ここまで主人公を検討してきたが、女性を検討しなければならない。

ヒロインは主人公に思われる対象であるが、主人公を思う主体とは限らない。「我牢獄」・「星夜」ではヒロインに主人公への想いがあるかは不明である。「宿魂鏡」では、弓子は主人公への想いを持つが、幻鏡の魔力に取り憑かれており、別離後に他の誰かを好きになることを許されない。また、世界を評価・想像・享受することのない客体である。「我牢獄」の彼女には情報が全くないが、「星夜」・「宿魂鏡」のヒロインは親により行動を制限されている。ヒロインは主人公や幻鏡に消尽される被暴力の存在である。

では、阿梅はどうだろうか。阿梅は芳三に「売女奴、何しに来た、と罵り付けられ」（下）る。芳三の悪口は孫兵衛が学資援助で芳三を縛ったためのようだが、愚鈍な平吉は気にならないとすれば、他の男は進学・出世のライバルとして遠ざけられ、阿梅は弓子との恋の障害ゆえに拒否されている。芳三は自己の意思とプライドが傷つけられない空間を作ろうとしている。さらに、結末では、阿梅は病に伏せ「訳もなき事を言ひ続け」（下）二人の死後の十日後に亡くなる。語り手は「誰の後を追ふでもなく」（下）亡くなったのだと語る。だが、阿梅がうなされるのは芳三と弓子の悲恋を作り上げる幻鏡の魔力により、阿梅は芳三に恋しているとすれば、阿梅は芳三と弓子との関係の夾雑物として語り手に排除されている。阿梅の意思を否定し、「誰の後を追ふでもなく」と語る語り手は幻鏡、さらには芳三と共犯関係を取り結んでいる。この点で、阿梅は主人公を思う主体であるが、芳三に思われないだけでなく、思う行為の意味を剥奪される。女性達の消尽はなぜ生じるのか。

四　ディストピアという欲望

ジェイムソンが「最良のユートピアは、もっとも包括的に失敗する」[8]と指摘するように、理想・願望充足は挫折し、ユートピアの不可能性、ディストピアとして現れる。透谷小説も例外ではない。「我牢獄」では「彼女と相談る」「夢もはかなや始めに我をたばかりて後にはおそろしき悪蛇の我を巻きしむるに終る事多し」と、夢の中での彼女との蜜月とその破綻として夢の悪夢への反転が示される。「星夜」でも「其人を見れば会ひし日の笑顔にて我前に立ちけり。笑顔かと思へば涙あり」と写真から彼女の笑顔を想像するが涙で終わる。「宿魂鏡」では芳三は、「このまゝに、幻鏡の弄ぶまゝに、迷ひと狂ひの最終を見極めたらばおもしろからむ」（下）と、自己への他者の支配を受け入れて迷いと狂いの幻想空間に臨み、幻想空間で再会した弓子は「誓ひし事のいつはりならずばもろともに」（下）と心中を勧める。幻想空間はディストピアとしてある。

そこで結末の意味を改めて考えてみたい。「我牢獄」の「我」は、外界を知覚し想像する「明」・「夢」に対し、知覚が消滅する「闇」を求める。「我」が死を選ぶのは、隣接性による不確かな彼女の表象が生じない、恋愛を断念し彼女を想像しない世界を志向している。「星夜」は「昼と夜との境なる薄明の惨憺たる時の苦がさを思へばわれは事務繁き昼か夢長き夜かの一を楽まん」と、「我」は明快な状態を好み、中間状態すなわち状態変化を望まない。昼夜は彼女との関係の有無の、薄明は関係の変化の比喩である。「我」が変化を好まない理由は破綻する恋への幻惑をもたらすからである。「宿魂鏡」では同時に死んだ芳三と弓子は結ばれたかのようである。しかし、芳三や弓子の意思が幻鏡に隷属しているならば、それは主体的な意思の放棄でもあり、死後は幻鏡の魔力の牢獄に囚われたままでもありうる。九里順子氏は、「恋愛が死で終わるということは、実在感を実体とする解決は破滅であると透谷が気づいていた[9]」とされる。しかし、透谷小説のディストピアへの欲望をみるとき、この破滅は回避ではなくむしろ求められていたものである。

ジェイムソンは、「反ユートピア、つまりユートピアに対する恐怖」の「根源がユートピア形式自体、すなわち、ユートピア的閉止＝完結性の形式的必要性のなかにあ[10]」ると主張する。とすれば、透谷小説における幻想が恋愛の破滅を描くのはその幻想が日常空間では実現しない他者性をもつためであり、幻想空間への志向、あるいは日常での断念を喚起させる。現実での女性との生活を築けず、死の世界あるいは精神世界での統合を夢見て女性を消尽する点で、透谷小説は恋愛の理想が女性嫌悪と結びついているのである。

（1）『未来の考古学Ⅰ』（作品社二〇一一・九）七二頁。
（2）『未来の考古学Ⅰ』三六頁。

（3）「政治についての10のテーゼ」（『VOL』二〇〇六・五）二九頁。
（4）『マルクスの亡霊たち』（藤原書店二〇〇七・九）一二、二一七、二八七頁参照。
（5）『フィクションの機構』（ひつじ書房一九九四・五）二七頁。
（6）『承認をめぐる闘争』（法政大学出版局二〇〇三・九）一七四頁参照。
（7）「「宿魂鏡」論」（『上智近代文学研究』一九八四・一二、『日本文学研究大成北村透谷』国書刊行会一九九八・一二）二六七頁。
（8）『未来の考古学Ⅰ』一〇頁。
（9）「「宿魂鏡」論」（『国語国文研究』一九九七・一二）六七頁。
（10）前掲『未来の考古学Ⅰ』三五二頁。

2 唄のポリティーク――泉鏡花「山海評判記」

一 はじめに

泉鏡花「山海評判記」（『時事新報』一九二九・七・二～一一・二六、引用は『山海評判記』ちくま文庫二〇一三・八）は、和倉温泉に逗留中の作家・矢野誓が、かつてのライバル・姫沼綾羽に率いられたオシラ様を奉ずる教団に、長太狸の唄で過去の三人の井戸の婦の因縁を想起させられ、馬士の襲撃に作家としての限界を突きつけられると共に唄の評価を迫られ、唄で姪・李枝の引き渡しを求められる物語である。

従来のテクスト分析では比喩、他界、物語の複数性、操りが論じられてきた。高桑法子氏は、矢野に敗北を強いる〈声の衝迫→空に偏在する女→鬼女→井戸を覗く女〉のイメジャリーを探り[1]、反復される井戸覗きが「他界性[2]」を主人公に示すと把握した。一方、中西由紀子氏は、巫女が「白鷺の羽の夕日に染まって翔けるように、ひらり」・「駒鳥の唄うような山の端の声」（24）と鳥に喩えられ、ご神体の頭が鳥であるように、鳥が「オシラ様の換喩[3]」となる点からテクストの相同性に注目する。また、齊藤愛氏は、綾羽を中心とする「言葉による支配を次々と乗り越えるようにして迫ってくる」「他界」と矢野の「言葉による「名づけ」の力[4]」との拮抗を読み取り、清水潤氏は「性差を隔てた他者」である「お李枝が綾羽とその一党へと去りつつあるのは必然[5]」と説くが、森田健治氏は、矢野と綾羽の「複数の〝物語〟の関係が、最後まで一元化することなく維持され続ける[6]」のであり、必ずしも李枝が去るわけではないと指摘した。また、清水氏は、「矢野としては綾羽一党の企みを看破した積りかもしれないが、実質的には、綾羽の一党の振舞いを見せられて誘導された[7]」と、同時期の推理小説と等しく認識の操りが見られることを指摘する。

「山海評判記」は書くことや作家、唄とは何かをめぐるメタフィクションである。「山海評判記」は、長太狸の唄の展開が本編の展開と対応し、矢野が体験した井戸覗きの三人の婦の挿話を安場嘉伝次が紙芝居にし、李枝に矢野が綾羽との関係の顚末を口述筆記させ、それらが綾羽率いるオシラ様教団と矢野との対立に収斂するように、同型対応型メタフィクションと言えよう。

長太狸の説話は、唄では牝狸は「長太と婚礼」あるいは双方「仏門に帰依した」とされるが、「話では——牝狸が、その夜の長太に、ほろび亡せた夫の後世の供養を、しみじみ頼んだ」(2)とされる。話では長太は俗世で活躍が可能だが、唄では牝狸と結婚もしくは共に脱俗してしまう。中西氏は「雌狢と姫沼綾羽は相同関係[8]」にあると説く。長太狸の唄と本編とに提喩的な共通の構図を抽出すれば、結末のバリエーション、①雌狸が弔いを依頼して襲わなくなる、②雌狸と長太が結ばれる、③仏門に帰依するは、①綾羽が三人の婦を弔うことを依頼する、②綾羽と矢野が結ばれる、③矢野が出家する、に対応しよう。このうち唄は後二者である。しかし、前者はともかく、後二者はいずれも矢野の意に沿うまい。

そして、唄に対する批判を「筆者」は結末で問いかけるが、多くの論者は、単に李枝奪取の有無を考察するのみで、唄の批判の内実を論じない。唄の批判はなぜ展開されないのか、という問題も併せて検討される必要がある。本章の課題はここにある。

二　唄の力

「長太居るか」で始まる長太狸の唄は「山海評判記」ではどのように機能するだろうか。

第一は、按摩から女の御利益を聞いて、矢野が目の保養を語ると、按摩から雌狸が夫の狸を殺した仇を危機に追い込む長太狸の唄の物語を聞く場面である。女を見たという矢野に女が危機を導く長太狸を話題にすることは、按摩の不快感を示す。後に按摩が対立していた軍人親子と普通に接するように、按摩はオシラ様教徒であり、長太狸の話題は女に矢野が苦しめられることを予告する。しかし、矢野は唄を「聞いたまでは、まるで忘れていたんだから、一向記憶に取留めはない」(2)と、気にもしない。唄は記憶を呼び覚ます。

第二は、按摩と軍人との騒動の後、「その声を口へ出すと魔を呼ぶからと、禁制されるのが習慣になっている」(4)にもかかわらず、旅館の自室で「長太居るか」と「思わず声を出」すと、外の女から「長太居るか」と問いかけられ、矢野は「少しばかり寒気が」し「警戒をすべき」と思うが、繰り返しの問いに「居る」と「うっかり応じ」(4)る場面である。女は矢野の「気を悟ったように」「塞いでおやりよ、知恵の目を」(11)と障子の穴を塞ぎ、矢野は「狸の術中に陥るような気」がして女がいる三階を訪ねられない。翌朝、三階を訪ねた矢野は外で井戸を覗く三人の婦を見て、時空間が「自分ながら怪しく」なり階段の「下の段を井戸」(11)と見てしまう。森田氏は「〝声〟の触発―応答が、(略)矢野の周辺に別個の〝物語〟を発動させる契機」(9)と指摘する。唄は矢野の判断力を減衰させ、想定外の展開を導くのである。

第三は、富来行きの車内の矢野と李枝を襲撃した二十三人の馬士を馬諸共倒して二人を救ったオシラ様の巫女が唄う場面(1)である。

(1)――この唄をお聞きなさいな―――長太居るか――私は曲馬の娘です。白山様のお使者です。姫神様を知らないか。魔ものだ、魔ものだ。魔ものだ。馬は助けて。馬は助けて。馬は助けて、やーい、馬は助けて、やーの。……―――唄はどう、唄はどうよ。(24)

⑴は、今しがたの自他の言葉を取り込み、唄の効力を問う。矢野は綾羽の「神力、霊験に恭礼」し「賛嘆し」て跪きつつも、「唄はまずい」(24)と「〝物語〟の発動／増殖の拒否を告げ[10]」る。唄は、世界の安定を崩し、新たな秩序を作り出す力を持つ。

第四は、窮地を救われた夜、矢野と李枝の「座敷」(4)、性の営みの場である「閨」(24)の周囲で唄が響く場面である。この箇所は草稿⑵が残っており、現行本文⑶と対比できる。

⑵其の真夜中である。廊下づたいに、——長太居るか——庭の縁から、——長太居るか——桟橋の海から、——長太居るか——此の時の閨の様子は読しやの想像にまかせたい。——長太居るか——かはる〳〵、——長太居るか——白山権現おん白神の姫神様のおつげを聞けばお李枝、お李枝、お李枝がほしい——長太居るか——長太居るか——お李枝をわたせすきな、勝手な、恋はさせぬ。白い駒から朱の鞍おいて姫神様のおつげをお聞き青い船からお李枝、お李枝——長太居るか——お李枝を渡せ、神に渡せ、神に渡せいかに渠は其の唄を評し得るか。(完)

⑶その、真夜中である。三階の段の上あたりで、はじめ、——長太居るか——長太居るか——また廊下近く、障子の外から、——長太居るか——長太居るか——海の桟橋際、塀の外から、——長太居るか——長太居るか——この時の座敷——閨の様子は、読まるる方々の想像にまかせたい。海の音と、山風と、森の梟が声を交えて、長太居るか、長太居るか、居るは何じゃ。白山権現、おん白神の、姫神様の、おつげを聞けば——お李枝、お李枝、お李枝のきみは、あなたへやらぬ、こなたへ渡せ。山からなりと、海からなりと。白い馬には朱の鞍おいて、青い船には白い帆かけて、二挺灯して雪洞持って、一把燃して松明挙げて、むかいに参りそうろう。むかいに参りそうろう。いかに作家、冷静に唄の批判を為し得るか。長太居るか、長太居るか、

居るは何じゃ。白山権現、おん白神の、姫神様の、……………………(24)

草稿を検討した穴倉玉日氏は「鏡花は草稿においてお李枝を欲する姫神の意志を明示しながら、推敲を経てこれを敢て朧化した[11]」と指摘する。結末部分は、(2)では、姫神が李枝を欲するだけでなく矢野と李枝との恋を禁じるのに対し、(3)では恋愛への戒めは消されている。また、(2)で求められる唄への批評は(3)では唄への冷静な批判とされている。つまり、唄は作家の言葉と対立する。

三　構成された三の秩序

唄が触発した矢野の記憶は井戸を覗く三人の婦との関わりである。

矢野の体験は綾羽の命を受けた嘉伝次によって、井戸を覗く三人の婦が鳥の首に変わり、井戸の中に落ちた三羽の雀を学生が救い、巫女が「三羽の仔雀は、三人の婦が生命がけの願を籠めた――その願いの叶ったしるしに、井戸へ落ちて死ぬことになったので、言わば神様の犠牲だ。もとの井戸へ落」(9)せと指示し、学生が拒否すると「三人の婦の生命にかかわる」から雀の片目を潰せと脅す紙芝居として提示され、矢野も、運転手がオシラ様の神体を見て停車した後の話で、雀を落とそうとした巫女の数珠を矢野の甥が物干し竿で叩いたため去ったが、十年後、巫女とすれ違い三人の娘を見たのを機に「三人の婦という事を、それから気にしだした」と口にする。

矢野の井戸と三人の婦の体験は嘉伝次の紙芝居と、李枝の感想、矢野の回想の組み合わせとして三分割・構成され、現在の事態を三人の婦に関わると捉える認識を矢野に与える。これは、語り手＝「筆者」が事象を三で捉えるよう促しているのである。

> (4)「やあ、暴れ馬が三匹、——天と宙と地面！」と第一番に運転手が叫んだ。瞬くと、突立つと、見ると、同瞬間の不意の視覚は、時として、ものを三つにするらしい。(15)

たとえば、暴走馬(4)は天・中空・地の三頭に見えるが、実際には一頭である。さらに、矢野が気づくと「いまだ三人が、目を隠している」のであり、暴れ馬が去ると金兵衛が消え、三人が残る。三人の婦と三羽の雀の命をめぐる挿話、三人の婦が矢野を挑発する際に鴻仙館で拠点としたのは三階であり、三人の婦が湯上がりの姿を矢野にみせたのも三階建ての朝六館である。矢野と綾羽、李枝の三角関係も含め[12]、テクストは三をモチーフとして構成されている。

この点で、紙芝居は、単にプロット的に「「虚構」と「現実」、あるいは「人形の話」と「生身の人形の話」」の「連接装置[13]」・「矢野とお李枝を過去の世界へと引き込んでいく装置[14]」ではない。紙芝居は、世界全体を任意に切り出した静止画の断片を配列し、弁士の意味づけによって別の全体性を創出する世界の構成性の標識である。

また、紙芝居は、「女人の命を顧みずして、雀を助け」た「不善」・「不仁」の「心を改められずば、子孫は必ず断絶せむ」(10)という呪いの視覚化であり、女が鳥になる場面では観客「皆がいやな顔をし」(9)、巫女の脅しに子供が「泣出した」(9)ように、日常世界ではオシラ様教団の思想は必ずしも肯定されない。

ここで注目すべきは、巫女の話をするときに目を閉じよと矢野が口にしたことに呼応して矢野を含めた四人が「いつの間にか（略）目を蔽うている」(15)ことである。

> (5)串談にも、こういう事をするものではなかろう。四人が一所に目を隠す——矢野は人知れず慄然とした(15)

集団が同じ動作(5)をすることは宗教的な力の開示、あるいは集団催眠かもしれない。しかし、金兵衛とその妻、相良がオシラ様教徒とすればどうだろう。矢野は、それに気づく「知恵の目」を塞がれている。

このとき、矢野は狂人と覚しき中尉が刀を持って少女と船出するのを制止できなかったため「うつろな笑を漏ら」(14)す。

(6)喧嘩ずくに一太刀浴びても、生命を賭して、お嬢さんのために戦うのが人間の道であったかも知れないなあ。と云って、巫女の言をきいて、胸に抱いた活ものを我手で井戸へ投込むを断然拒絶したほどの元気は出ない。(14)

(6)で矢野は目の前の小さな命を救った過去と救えない現在を対比する。しかし、法力／脅しという非物理的な圧力と、刀という物理的暴力の違いを、矢野は考慮しない。そして、中尉が巫女を「知合」(14)といい、按摩が巫女の船に乗り、相良が生首を見た場所ではなく金兵衛のいる場所に停車してから矢野に告げ[15]、知っているはずの三階の婦達を語ろうとしない金兵衛やのちに富来への歌仙貝遊びを行きを勧めた隠居を始め、鴻仙館関係者全てがオシラ様教徒ならば[16]、矢野の動けないことへの苦悩は仕組まれた偽の悩みである。

さらに、オシラ様教団との対立は単に三人の婦の因縁だけではなく、教団の現在の指導者・綾羽と矢野との間にも因縁があった。

第一に書生時代。綾羽は金沢の私塾での矢野の同窓生であり、クレオパトラに擬せられる美貌と性的魅力、明晰な知性によって、塾の回覧雑誌に集った男達は「ただ何事も姫君（くれは。）の思召次第。」(21)となる。矢野はただ一人「何でも綾羽に反対」する。しかし、新年会で酔い潰され、外へ逃れたものの、吹雪で気を失い綾羽に救われた矢野は、重い風邪になり高等学校進学を断念した。

矢野が綾羽に対決したのは、自分より上位の女性を認めない女性嫌悪に由来するだろうが、集団が一人の意のままになること、上下関係を作ることへの抵抗ともなる。

第二に文学修業時代。約十年後、矢野は、綾羽が「競争の気」で「おなじ文学を志し」ていることを知るが、東京では綾羽は「影が薄く」文名があがらない。やがて、福井で富豪の妾となった綾羽が「一度貴下に逢いたがっていますよ」と嘉伝次に言われ、会おうとした矢野は、銃声に驚いて嘉伝次と共に逃げてしまう。

しかし、嫉妬深い富豪が近づく男を脅す話も定かではない。嘉伝次が綾羽の意図を伝えられることが、富豪が近づく男を駆逐するという嘉伝次の言明に反するからである。とすると、矢野自身も銃声を「狩猟のそれ鉄砲だとは思」（21）い、富豪と無関係ではとかすかに疑うように、綾羽の仕組んだシナリオに踊らされている。

第三は和倉に滞在中の矢野がオシラ様教団に翻弄されている現在である。オシラ神教団は、教祖である綾羽を「姫神様」（17）・「お頭」・「お師匠さん」（19）とあがめ、美しい巫女の働きかけで一般の人々が教団の根拠地に「ぞろぞろと入って行く」（19）ように、その勢力が地域に拡大し、矢野と李枝は包囲される。そして、多数の馬士をその馬も含めて倒す力を持つ「女を自在に使う、その言う綾羽の隠れたる威力を賛嘆」する一方で、矢野は無力である。たとえば、高桑氏は、「綾羽と文章で充分に対抗しうる自己を意識しつつ、しかし矢野は、綾羽の日常性を超えた霊力に負けていく[17]」と捉える。

だが、鴻仙館や各所で出会う人々が綾羽の支配下にあるとすれば、様々な事態は仕組まれ操られたものである。たとえば、馬士達と巫女との戦いも予めシナリオが定められている故に、勝敗が鮮やかに決してしまう。

また、豪雨をついて現れた「黒合羽」（15）の女は矢野に背を向けつつ「姫神様、難有く存じ奉る。勿体ない。」と金兵衛に拝まれる点で綾羽である。綾羽は助手席に乗って難所を避けさせた際には「さすがにこの一種の冒険に、緊張したのが、軽く寛ろぐのが見え」（15）るとすれば、綾羽に霊力はない。嵐の中を行くのは綾羽にも危険であり、綾羽は余裕がある演技をしているのである。配下の巫女が「社会劇」「トーキー」（18）と口にするのは故ないことではない。したがって、霊力の現れとされる事態は操りの結果なのである。

とすると、和倉での出来事は修業時代の出来事の規模を拡大したものである。むろん、霊力でなくとも人心掌握によって数十人を意のままにできる綾羽に対し、矢野の味方は和倉では李枝一人しかいないように、物理的な力では圧倒的に矢野は不利である。しかし、矢野は依然、「唄はまずい」（24）と発言できるように、矢野は完敗していない。

では、綾羽が霊力の演出によって李枝・矢野に迫るのはなぜか。

宗教的権威への侵犯への懲罰は、法治下では殺人・誘拐は短期的には可能ではあっても事後の展開次第では教団の危機ともなるため難度が高い。そのため、矢野を精神的に屈服させねばならない。そこで、小説で対抗できなかった綾羽は、仕組まれた劇の中で矢野を翻弄する。しかし、雀を死なせる巫女の数珠の動きを制止し断念させたのは矢野本人ではなく甥である。それなのに矢野にこだわることに綾羽の特別な感情があるのではないか。

一方、嘉伝次は紙芝居の前に「お嬢様もおいでなさるがようございますよ」（7）と李枝に能登行きを勧めていたが、オシラ様教団の狙いは早くから李枝の奪取にあるのだろうか。しかし、李枝が目的なら、矢野と合流する前に奪取すれば簡単であり、結末の唄も矢野の眼前から李枝を引き離すことが狙いだろう。森田氏は「矢野と李枝を救出する目的が矢野と綾羽の再会の実現にあることを明示している[18]」と指摘する。奪取は、李枝の心情を踏みにじることでもある[19]。李枝は、馬士に襲われたときも死を選ぼうとしたのであり、オシラ様教団の要求に従うとは考えにくい。書生時代を含め、矢野は綾羽の力量を認めつつも、全面的には綾羽とその唄には従えないはずである。

四　書くことの意義

本節では、矢野の書くこと、エクリチュールの意義を考察する。第一に、矢野は作家として世界を書くことに対して自覚的である。

(7)欅の根が崩れ落ちて、見る間に古井戸になろうとも、筆を取って、立処に、その呪詛の蠱を薬研に砕き、瑠璃沫に浄化して、これを月光の白露とも、姿見の清水とも称うることを得ざらむや。職の力にそれだけの事は心得た。(略)屹と視れば、蒼ざめた女の顔は皆消えた。(22)

(7)では、三人の婦が窓辺に浮かぶのを見た矢野は作家として書き換えることで、世界を安寧の場に浄化できた。斎藤氏の言う矢野の「言葉による「名づけ」の力[20]」とは、対象を自己のフレームで意味づけ表現することである。むろん、それは作家の創作レベルにとどまらず、日常的な営みにおいてなされる。また、意味づけは意味づける主体の主観的な偏りを持ち、一方的である。

(8)お李枝が経て来た半生の、もののあわれさが察しられつつも(略)――これが最後で、あきらめた……思い残す事はない、――なごりの声のように、ふと、うら悲しく、心細く聞き取られた。(22)

(8)では矢野は李枝の境遇に同情し、李枝の悲しい満足を解釈する。それは矢野の勝手な意味づけであり、李枝の真意とは限らない。矢野の意味づけが生む葛藤は、齊藤氏が提示した文学と他界の相克ではなく、男性と女性、矢野と宗教集団、つまり主体と世界との相克であり、世界が自分の意のままにならないということである。

次に、口述筆記の役割について検討する。

矢野は旅費の不安から李枝の小遣いになるようにと、「(——長太居るか——) 能登の大狸の化けた話」(21)、綾羽との出会いから彼女が富豪の妾になるまでを「雪中翡翠誌」の題名で口述筆記することを李枝に頼む。「雪中翡翠誌」は狸が化けることと綾羽の変化とを重ねているが、綾羽が今の矢野と関わっていることも喚起させる。一方、そこで語られるのは、矢野が綾羽とその仲間に翻弄される敗北の物語であり、主人公の失敗をさらけ出すことで、自己を相対化する開かれでもある。

矢野は口述筆記を「こっちの声がすらすらと、宝石珠玉の指の中から、インキになって、銀線のごとく晃々と顕わるると思えば、ぞくぞく武者ぶるいする」といい、「名家の真似だ」(21) というように、矢野には大作家たらんとする欲望がある。かつて「先生」と呼ぶ大作家の口述筆記をして活字化されたときの「自分が出来したような」喜びを語る矢野は、李枝にも同じ喜びを持たせようとしているかのようである。

この点で、第三に、創作と出産をめぐる比喩の役割が従来問題とされていた。

送りつけられた「現代とおれ!」の原稿が血と腸を塗って汚してあることに対し、矢野は「胞衣だの、あと産のおりものだの、堕胎した嬰児のようなものさ、いや大丈夫、男が孕んで堕胎したのだから」(22) と評する。男の堕胎という表現を高桑氏は「書く行為を懐胎とみなす心理的背景がなければぱ出てこない比喩」[21] と評する。ここから、創作を男の出産、失敗作を作家の堕胎と捉える構図が抽出できる。しかし、清水氏の言うように、「小説家として懐妊・出産の擬態を続ける限りは呪詛も解けない」[22] のだろうか。巫女の呪詛の実効性には疑念があり、子孫の生成としての小説執筆は子孫断絶の呪詛を崩すからである。

また、馬士に暴行されそうな李枝を励ます際にも比喩が使われる。

(9)お互に、活きようではないか。たとい、どんな事があろうとも、この私は、いいか矢野は、断じて李枝ちゃんの身が、爪のあとほども、乱れた、汚れたとは、寸分も思わないことを誓う。――誓、私の名は、これがために前世から撰ばれたのだと信ずるばかりだ。(23)

李枝に、暴行されても汚れたとは思わず、「名将」・「天人」・「神女」としてあがめると矢野は励ます。(9)では自らの名前を発言を前世から保証するものと喩えている。しかし、李枝は、ただ水を求める。矢野によって表象される「名将」・「天人」・「神女」は、李枝のみに犠牲を強いるカテゴリーだからである。それに対し、矢野は自らを叱咤し、利き腕の右腕を傷つけて李枝に血を飲ませる。

(10)「水。」「あ、あ。」「なまぬるくはあるまい、水。(略)恥入った。――骨まで冷汗を流しているから、血は氷より冷たいぞ。」「あ、あ、あ、おいしい。」(23)

(10)では血は水の比喩である。作家として恥じ入ったゆえに血の冷たさは氷以上であるという。齊藤氏は、比喩による見立てが依然作家性を捨てていないと批判する。[23] しかし、ここでは、作家として大切な利き腕を傷つけて自らを安全圏から引き離していることと、比喩は作家性とのみ結びつくのでなく世界を認知する場合に利用する日常のフレームであることを、確認しておきたい。その点で、比喩による意味づけを否定することは、生そのものを否定することになる。むしろ、作家的な特権性を捨て、対等な一人の男として李枝を励ます姿勢に注目すべきだろう。第四に、エクリチュールは作家の特権性すら否定しうる。

(11)ああ、わが知る、兵庫岡本には谷崎潤一郎氏。——もとより東京に、水上、里見、久保田の諸家、もしここにあらば、その才能と、機略と、胆勇をもって、一呼吸して、この危地を脱しよう。（略）ただ、われ一人、手段を誤り、前後を忘じ、挙措を失した。（略）いま、われお李枝を救い得ずして、文章が何だ。小説が何だ。作者が何だ。(23)

著名作家なら才能・機略・胆勇で事態を打開し、妻や李枝の母も李枝を救い、馬士も愛人を救う。文学者の能力があれば救えることは文学の聖化となるが、文学者以外でも救えるとすれば文学以外の能力が有効となる。その点で、(11)は文学・作家の特権性を否定する。ここでは、秩序が反転／解体するような両義性をエクリチュールが持つことに注意したい。

五　エクリチュールのポリティーク

これまでの綾羽の矢野への関わり方は、書生時代は集団を意のままにした上で、文学修業時代は伏線をはった演技によって、矢野の心理に圧迫をかけて動揺させるものであった。(3)で「冷静」さが求められるのは矢野の挽回の契機がそこにあることを示すだろう。

ジャック・ランシエールは、「当事者を決め分け前があるかないかを決める感性的なものの布置を、定義上その布置のなかに居場所をもたぬ前提（略）によって切断する活動」(24)を政治（ポリティーク）とする。たとえば、綾羽の意志を代行する点で個々の信者は抑圧されるが、信者の自己実現でもある。しかし、その場を支配する力によって発言が奪われ、権利が侵害されることに対して言葉を発するとき、支配集団と被抑圧者との間に不和が生じる。

集団が綾羽一色に染まるとき、それに抗する矢野や李枝の不和を可視化する言動は政治である。いずれにせよ、集団を意のままにするとは上下の秩序を作り上げ、一方的に思考停止させて事態を展開させることでもある。唄は情念を励起し共同体を強化し世界を動かし、その音声言語の現前性は受け手の立場・身分・資格の上下の選別となる。一方、エクリチュールはそうした資格・権利をもたない者にも届く。矢野が口述筆記させた「雪中翡翠誌」は、矢野の敗北・失策も開示するとともに、語り手が作る意味づけ秩序は受け手によって相対化される。エクリチュールはあらゆる主体を等しく扱う点で平等とも言える。

この点で、唄の専制に抗し、唄の欲望を批判することは、矢野には必然であろう。しかし、矢野は書生時代から数と力に怯えた妄動によって失敗してきた。綾羽が実際に李枝を強奪すればオシラ様教団に対する公権力の介入を招く。矢野の批判が有効性を持つとすれば、そうした「冷静」さを持ったときだろう。

では、矢野に批判が可能なのだろうか。

「筆者」は、オシラ様教団に襲撃された座敷の様子や矢野の批判を読者の想像にまかせ、問いかけるだけでその内実を語らない黙説法を用いる。森田氏は、「〝物語〟を発動させるのが読者に他ならず、読者の「想像」の複数性にテクストが開かれていることを指示してもいる[25]」と指摘する。しかし、全てが想像にゆだねられているわけではなく、矢野は結末のオシラ様教団の襲撃の後に生還している。

(12)沢山睡くもなかったそうであるが、ありがたしで、(略)煙草盆を枕許に持って来て、女というものは、掻巻の裾を押える(19)

(12)は矢野が晩酌の後に横になる癖を知る李枝が、和倉でも同じように世話をした場面だが、このときの矢野の眠くない気持ちは「筆者」が事後に矢野から聞いたものである。

また、「筆者」は、矢野を寸評する。

(13)品行のほどはよくは分らないが、(略)小説の作者である。明けて言えば、われわれのなかまである。年紀は、筆者などより少いが、伎倆は好い。まったくは、いきなり古狸の対手にするのは、ちと気の毒な人品である。が、さし構いなく話を続けよう。もっとも襲ったのは雌狸らしい。矢野誓もまんざらではあるまい。(4)

(13)では、語り手は矢野の作家の技量は認めつつも、古狸、オシラ様教団に対抗するには分が悪いことを同情する。さらに、品行はわからないとしつつも雌狸に襲撃されることをまんざらでもないという語り手は、矢野の異性とのトラブルを示唆している。この物語が、矢野と李枝、綾羽の三角関係の物語であることを匂わせてもいるかのようである。

では、なぜ、「筆者」は矢野の反応を記さないのか。何を書き何を書かないかという描写の選別は権力の行使である

(14)実は、筆者は、ここを記すために、最初から宿帳を預った。それは客の名が長太ではないからである。全然違った名を呼んだのでは、一声聞くとともに、直ちに我を呼ぶ!?……と、客の直覚するのが、読まるる方々に、打って響くように行くまいと思う。……そのための不束な用意だったのである。(4)

(14)では、「筆者」は長太狸唄の衝撃を読者に伝えるために宿帳を預かる。「筆者」がオシラ様教団が支配する旅館

の宿帳を入手できることから、いくつかの帰結が想定できる。

①「筆者」は、オシラ様教団のシンパサイザー、あるいは矢野と綾羽の和解、矢野の服従によって、宿帳が簡単に入手できたと考えられる。しかし、オシラ様教団が勝利するのであれば、それを描けばよいのである。生還した矢野は李枝の美化や喪失の悲しみを語らず、李枝が単に強奪される客体と異なることは馬士の襲撃から明らかである。

②「筆者」は、オシラ様とは無関係な文壇の実力者の一人である。谷崎らには及ぶべくもない未熟な後輩作家と対立する教団とも、うまくわたりあえ宿帳を入手できた者として、後輩の苦難のみを語り、唄の批判を隠蔽して再び秩序を導入することで、矢野の平等の設定が困難であることを示唆する。しかし、「筆者」のエクリチュールが上下関係を作り出すとしても受け手たる読者が批判可能な限りで、一方的に事態を制作・決定していく唄とは異なるのではないだろうか。

とするならば、矢野の「批判」が書かれないことは、平等が、その理想の不可能性、転じて不可能だからこそ真の夢として希求されるべきものであることを意味しないだろうか。危機においてこそ、ユートピア・幻想は希求される。矢野が物理的な勢力関係において困難な状況下におかれるとき、不可能な平等は来るべきものとしてユートピアたり得る。「山海評判記」は唄の批判すなわち平等を幻想として提示するテクストなのである。

（1）「泉鏡花『山海評判記』」（『日本近代文学』一九八五・五）四二頁参照。
（2）高桑「『山海評判記』」（『国文学』一九八五・六）一三四頁。
（3）「「山海評判記」を読むために」（『近代文学論集』二〇〇三・一一）六二頁。
（4）「「他界」の力と言葉の力の拮抗」（『都立論究』一九九四・六）六〇頁。

（5）「泉鏡花「山海評判記」についての一展望」（『都大論究』二〇〇〇・六）九〇頁。
（6）「〈物語〉の複数性」（『論集昭和期の泉鏡花』おうふう二〇〇二・五）一〇三頁。
（7）清水「小説家の眼差しの彼方に」（『物語研究』二〇一〇・三）九頁。
（8）注3に同じ。
（9）前掲「〈物語〉の複数性」一一五頁。
（10）前掲「〈物語〉の複数性」一一六頁。
（11）「「山海評判記」」（『鏡花生誕140年記念特別展「泉名月氏旧蔵泉鏡花遺品展」』泉鏡花記念館二〇一三・一〇）三〇頁。
（12）清水「「山海評判記」試論」（『論集泉鏡花4』和泉書院二〇〇六・一）は、矢野と二人のヒロインの関係がテクストでは特別な意味を持つとする。
（13）清水「「紙芝居」化する世界」（『論集昭和期の泉鏡花』）六八頁。
（14）清水「「夫人利生記」「山海評判記」「雪柳」」（『解釈と鑑賞』二〇〇九・一）一七八頁。
（15）白山権現の鳥居を過ぎるとき、「工女は俯向けに面を伏せ、運転手は血の上った顔を、あらぬ方に背け」るのを見て、矢野と李枝の「二人は目を見合わせ」（22）る。工女はオシラ様の巫女の扮装であり、運転手・相良の振る舞いも不自然である。
（16）オシラ様教団を守る金兵衛の言動は語り手に「余り唐突であるが、その人物の行動には、かくきづかわるべき子細があった。ここで説明をしないでも、ものがたりの進むままに、読者は自ら会得さるるであろう」（10）と評される。
（17）高桑前掲「泉鏡花『山海評判記』」四三頁。
（18）前掲「〈物語〉の複数性」一一四頁。

(19) 草稿の恋愛禁止が原稿本文で消されたのは、オシラ様教団の馬士からの救援劇が矢野と李枝との恋愛感情を表面化させたのであって、自らが起こしたものを戒めることが矛盾に過ぎるからではないか。
(20) 前掲「「他界」の力と言葉の力の拮抗」六〇頁。
(21) 注17に同じ。
(22) 前掲「泉鏡花「山海評判記」についての一展望」九二頁。
(23) 前掲「「他界」の力と言葉の力の拮抗」五七頁参照。
(24)『不和あるいは了解なき了解』(インスクリプト二〇〇五・四)六〇頁。なお、本章での唄の音声言語主義的な専制と小説の書記言語的な平等の対置は、ランシエール『言葉の肉』(せりか書房二〇一三・六)で聖書の言葉がキリスト教的な受肉を果たすのに対し、小説が「不可能な受肉」(一二二頁)・「一切の受肉の剥奪」(一三三頁)を行う主張に基づく。ただし、小説が諸主体を等しく扱う点で民主主義的・平等なジャンルというランシエールの主張は、語りのバイアスや受容の時間性を考慮していない点で素朴に過ぎる。
(25) 注10に同じ。

3　詩の修辞構造――室生犀星「小景異情」

一　はじめに

室生犀星自身が問われるままにある時には金沢で作ったと答え、ある時には東京で詠んだと言った[1]「小景異情その二」は、詩人が創作時どこにいたかという伝記上の疑問はともかく、[2]『抒情小曲集』（感情詩社一九一八・九）では「一部（故郷にて）」に収載されている。したがって、『抒情小曲集』のテクストレベルでは「小景異情」の各編は金沢に語り手がいる設定なのである。

詩とコンテクストの関連づけを求めるテリー・イーグルトンにしても、「問題の経験が実際に起こったのかどうかということはあまり重要ではない」し「経験的なじかの文脈から切り離し、より広い用途にあてる[3]」こととして「フィクション化」を捉えている。詩のテクストは生身の作者や実際の出来事から切断されて虚構として生成するからである。

「小景異情」が属する抒情小曲とは「時間の経過を背景に意味や描写の連続性、持続性や一貫性の上に成立する詩的世界とは対蹠的に、現在時制の中で瞬間的な場面に焦点化した短小な詩として、或いはそうした持続しない場面の不連続な並置として構成される[4]」ジャンルである。文語脈と口語脈、七五または五七の定型のリズムと破調の併存、[5]あるいは詩句の完結性・自立性・独立性をもたらす切れ字的な助詞や名詞句にまつわる指摘は、[6]形式面における不連続性を用意するものである。

一方、抒情という内容面における連続性はそうした形式面の不連続性によってもたらされる。北川透氏は、「甘酸っぱい感傷が、同時に〈異情〉や禍々しさとしても成立」していると指摘する。また、三好行雄は、「不在の——あるいは潜在する—予兆としての抒情を顕在化したという、いわば抒情の二重構造[8]」を指摘している。抒情は「小景異情」ではノスタルジーとして展開される。故郷はもはや変えられない過去に属しており、帰っても自分が想定した場所とは違う。ノスタルジーとは、離れた時空間への憧れとしてのロマンである。しかし、時空間の現前に到達するためには言語を通して、似ているが違う時空間に言及することになる。ポール・ド・マンが「抒情的な声を主体とする隠喩の基礎を築く、この内部／外部の交換のパターンの無数の型や変形が見られる[9]」と指摘するように、抒情は無限の反復・振動を伴う。

本章が行うのも、従来、作家との関わりで作品として読まれてきた「小景異情」を改めてテクストとして読み込み、「小景異情」の構成を言葉のレベルで検討する作業に他ならない。そこで、本章では、二～七節では、いったん「小景異情」の配列を離れて、表現の細部の仕掛けからより全体的な伝達構造に視野を転じることで各テクスト毎の特徴を見出すと共に、八節では改めて「小景異情」の配列について考察を行うことにする。

二　ロマンティックな関係——「その三」

「その三」(1)は、七五調で銀時計を失った悲しみで橋にもたれて泣く詩である。

(1)銀の時計をうしなへる／こころかなしや／ちよろちよろ川の橋の上／橋にもたれて泣いてをり

一～二行は、銀の時計の喪失に対する語り手の悲しみを終助詞「や」で提示する。三行は細い流れの川にかかった橋の上に視野を限定する。四行は主人公が泣いている状態を提示する。

とすれば、三行の「ちょろちょろ」は川の流れであるとともに涙の流れでもある。ロマンティックは(2)のように事物と人との関係から喚起される。

(2)語り手―銀時計→喪失

銀時計の喪失は主人公に悲しみをもたらす。ロマン主義的象徴は、「個別的・具体的な形のなかに、ある普遍的な真実を肉付け[10]」する記号として、感傷性を普遍化するのである。

三　アレゴリーの呼び出し――「その六」

「その六」(3)は、あんずの満開を呼びかける詩である。

(3)あんずよ／花着け／地ぞ早やに輝やけ／あんずよ花着け／あんずよ燃えよ／ああああんずよ花着け

一・二行で複数行にわかちがきされた呼びかけと命令が、四行では一行化され、六行ではさらに感嘆詞を付加する。パラフレーズに微妙な変更を加えていく一～二、四、六行の間に、満開を全体と部分で表現していく三・五行が挿入される。

「萩原朔太郎君とともに祈れることばなり」と詞書きがある初出から高瀬真理子氏は「詩人としての大成をも祈願し」「生への激しい祈りをうたった[11]」と説く。ただし、「小景異情」の「その六」でのみ解釈されるとするならば、字義的には花の満開を呼びかけ、アレゴリーとして生の発展、詩人としての成功が願われる。

(4)アレゴリーの多義性的解釈➡フレームによる優先解釈の呼び出し

(4)でみるように、象徴とは異なり、アレゴリーは多義的であるが、どの意味が優先的に起動するかは後述する「小景異情」全体の解釈フレームによる。

四　等価性の原理――「その四」

「その四」(5)は、主人公の魂から緑が萌えるように懺悔の涙が自ずと流れる詩である。

(5)わが霊のなかより／緑もえいで／なにごとしなけれど／懺悔の涙せきあぐる／しづかに土を掘りいでて／ざんげの涙せきあぐる

一～二行は、主人公の霊から緑が自然発生する様が示される。三行では特別な事情がない事態が語られる一方で、四行では懺悔の涙があふれる様が提示される。五行では地面を割って出現する対象が焦点となり、六行では四行のリフレインである。

「ざんげ」と「懺悔」の使い分けは、涙を、三～四行が字義的に説明するのに対し、五～六行は植物の芽吹きのメタファーで比喩的に表象している違いに対応しよう。いずれにせよ、等価性の原理(12)(5)は涙の生成を自然なものとして提示する一方で、心の動きは植物の生長として捉えられるように、主人公の心と植物との距離は近い。

(5)形態レベルで四行＝六行故に意味レベルで三行＝五行

懺悔の涙が生成するように、今の現状あるいはそれに至る経緯には主人公は悔いをもつ。三浦仁氏は「内なる生の意識（略）を十全に伸ばし得ない、そのことへの悔恨を含む懺悔[13]」と捉えるが、植物のメタファーで示されているのは懺悔の感情の自然な発現であり、生の意識の抑圧とは異なる。

五　詩作の理由としての参照点――「その五」

「その五」(7)は、七五調の音数律で、都会での緊張・葛藤とは異なる故郷でのやすらかさが示されるが、故郷は母親が叱責する人間の世界と主人公を受け止める植物という自然の世界からなり、主人公はと自然を浴び身を寄せるように自然に包含されることで安らかさを得ていることを語る詩である。

(7)なにこがれて書くうたぞ／一時にひらくうめすもも／すももの蒼さ身にあびて／田舎暮しのやすらかさ／けふも母ぢやに叱られて／すもものしたに身をよせぬ

一行は「うた」を書く理由を疑問の終助詞「ぞ」で問いかける。二行は一斉に開花する行為体としてうめ・すももを提示する。三行はすももの葉や実の緑を身体に浴びていると考える主人公の姿が提示され、四行ではそれを受けて田舎での生活の安らぎが示される。五行は四行と矛盾する、恒常的な母の叱責が提示され、六行は五行を受けてすももの木の下に身を寄せる主人公が示される

つまり、二・三・六行がすももの開花・投影・救済を示し、一行が詩作、四行が田舎の安らぎと五行が母の叱責

を語るように、詩行相互の関係は「一貫した脈絡を欠落させた、持続しない場面の不連続な継起[14]」となっている。こうした把握から、佐藤信宏氏は、一行は「詩を書くことの無益さを噛みしめる不充足の思いを唐突にそして切実に伝え[15]」ると説く。一方で、米倉敏広氏[16]は、一行をトピックセンテンス的に捉え、後続の詩行をふまえたものと位置づける。

(8)語り手（一行の問い）→参照点（二〜六行）→ターゲット（一行の答え）

詩行の構造からは、一行で問われる詩作の目的は、後続の詩行を参照点(8)として換喩的に推論される。田舎の生活は「こがれ」る必要のないものであり、「こがれ」ることは非日常的な芸術場への志向を意味するだろう。後続の詩行はそうした詩作の原因・理由を開示することになる。すなわち、主人公における詩とは、故郷の人間関係では充足しない、自然そのもの、あるいは自然なものと想定しうる感情や欲求の発露となる。それは、人間界で生きる主人公にとっては、いま・ここと異なる場への指向となる一方で、芸術制作の自然発生性、正当性＝正統性を提示すると解釈することもできるだろう。

六　さびしさの事実確認性／行為遂行性——「その二」

「その二」(9)は外で食べた昼食にでた白魚に自分が寂しさを感じる一方で、雀の鳴き声を拒絶する詩である。

(9)白魚はさびしや／そのくろき瞳はなんといふ／なんといふしをらしさぞよ／そとにひる餉をしたたむる／わがよそよそしさと／かなしさと／ききともなやな雀しば啼けり

「その二」の俳句性を指摘したのは北川透氏[17]であるが、切字や七五調と破調を生む「わが」「さびし」から児玉朝子氏は「その二」を初期の俳句から口語自由詩に至る過渡期のテクストと位置づける[18]。

白魚全体を領域として呈示する一行目は、白魚をさびしさを付与し、切字「や」によって詠嘆しつつ区切ると共に、一行目を参照点として二～三行で白魚の目をターゲットとして位置づける。「くろき瞳」が示すように外から観察される「白魚」は、言葉を発することなく「さびし」い中にあることが係助詞「ぞ」間投助詞「よ」によって「しをらしさ」と詠嘆される。

四行は昼食を自宅の外でとる全体像が叙述領域として呈示され、食事の主体である主人公が「よそよそしさ」と「かなしさ」を感じていることが五～六行で並置される。ここで、語り手の食事から、一～三行の白魚は主人公の昼食のおかずであることが示され、「よそよそし」く「かなし」い主人公の心情と類似性をもつ、観察対象である白魚に属性として付与される「さびし」さ・「しおらし」さは、主人公＝語り手自身に対する自己評価であることが喚起される。

七行では、主人公は聞きたくないという心情を示し、その対象として換喩的に雀がしきりに鳴いているさまを呈示する。六行までに描かれた孤独な寂しさに満ちた主人公の小空間、そこは主人公以外の事物、すなわち食材は死の沈黙の中にあるのに対し、その外側には、雀という能動的な動物の喧噪的な空間があるのである。

これを部分（一～三行）と全体（四～六行）からなる内部と、その外部（七行）の結合として整理したのが(10)である。

(10)［四～六行（ひる餉）［一～三行（白魚）］］／七行（雀）

沈黙する白魚と鳴く雀では前者に主人公は親近性を感じる。主人公の感傷的な世界は小動物の囀りにすら耐えられない。

さて、詠嘆は「我の内部と外部の対象が感応しあい生じ、そして内部へも外部へも向けられ」「肉体・精神（霊）は、接触、同化の形をとることによって、外部自然、内部自然として通じ合い、激しく感傷の詠嘆をかきたて[19]」るとする阿毛久芳氏は、一行目には「白魚をさびしと感じる我と我を白魚としてみる感覚が、密着している」と指摘する。主人公とは異なる存在である白魚は、擬人化され、換喩によって主人公によって感じられる客体から感じる行為体へ位置を変える、語り手の修辞的措定によって作り出されるものとして白魚は表象される。「その一」は、白魚が寂しいという一方で、その寂しさが語り手のものであると語る。この詩は白魚が寂しいとも謂うが、その寂しさが語り手によって作られる修辞的措定であることも提示している。つまり、この主体と対象の二重化がもたらす共感／分断の両義性は、事実確認的な寂しさが主体を創造する行為遂行的な想定に依存することを意味している。

七　仮想の移動対象——「その二」

「その二」(11)は故郷は実際に帰郷すべき場ではなく想像の中で思う対象として、帰京への意思をもった主人公の心情をうたう詩である。

(11) ふるさとは遠きにありて思ふもの／そして悲しくうたふもの／よしや／うらぶれて異土のこじきとなるとても／帰るところにあるまじや／ひとり都のゆふぐれに／ふるさとおもひ涙ぐむ／そのこころもて／遠きみやこにかへらばや／遠きみやこにかへらばや

一〜二行は、「ふるさと」を遠くで悲しく思いうたう対象として提示する。三行の「よしや」は、四行での異郷で転落を仮定し、五行では「ふるさと」は帰るところではないだろうという決別の判断が、打消推量「まじ」と言い放ち・うながしの終助詞「や」によって示される。[20]

六〜七行は、都での主人公の孤独・寂寥が「ひとり」「ゆふぐれ」によって喚起され、主人公の望郷の心情と落涙が提示される。八行は六〜七行を指示詞「その」によって受けて、九〜十行で上京が願望の終助詞「ばや」によって目標とされ、[21]反復＝確認される。

このように「その二」は故郷への接触への希求と接触不可能性の併存というロマン主義的なモチーフを描く抒情詩と言えよう。

続いて多くの先行論が注目した「都」と「みやこ」あるいはひらがなのみの「ふるさと」の使い分けを検討したい。

信時哲郎氏は「対句的表現」に注目し、「その二」の「都」／「みやこ」をはじめとする漢字／かなの使い分けに対し、硬い／柔らかい、明確／ばくぜんの二項対立を設定し、漢字は理性を、かなは感情に対応すると捉える。[22]しかし、明確な理性、ばくぜんとした感情という対応は、テクストで描かれる明確な感情と不整合をひきおこす。二項対立にしろ対句にしろ、それ自体は客観的ではなく、どのように境界設定を行うかという読解のフレームの一部を提示したものにすぎない。また、対位項として対応／対照を読み込む関係は一つに限定されない。また、信時氏は「そのこころもて」では、前件と後件の対象（目的地）が異なるという。[23]しかし、前件と後件が異なる次元を示せば、前件と後件の目的地は同じでもかまわない。私見を示せば、前件は想定された主人公のあり方・全体像であり、後件はこれから主人公のなすべき行動・意思なのである。

(12)［基点：都（・故郷）→思考・移動対象：みやこ・ふるさと］

「ふるさと」は「思ふもの」つまり物語世界の主人公の思考・行為の対象であり、「みやこ」も「かへらばや」と願望されるように物語世界の主人公の思考・行為の対象である。また、「都」も「そのこころもて」とあるように、物語世界の主人公の心的世界である。とすれば、両者に差異はない。しかし、「ふるさと」「みやこ」はこれから思う／帰るべき場所、すなわちここではない場所である。「みやこ」はこれから帰るべき場所であり、「ふるさと」は「都」で懐かしく思う場所であり、いずれも今ここととは異なる。一方、「都」はそうした思考・移動対象を思う基点とされている。ただし、この基点は語り手の現在時点ではなく、故郷にいる語り手によって仮設された参照点なのである。つまり、「その二」は、(12)に整理されるように、故郷から「みやこ」へという現実のこれからの動きと、語り手の心的な想定としての「都」から「ふるさと」へという動きが組み合わされているのである。三好行雄は「不在の——あるいは潜在する——予兆としての抒情を顕在化したという、いわば抒情の二重構造」[24]を指摘するが、本節の問題意識でいえば、「その二」は語りの水準の転換や物語世界での移動というイメージの移動を抒情として表象しているのである。

八　「小景異情」の構成の意味

最後に改めて「小景異情」全体を通してテクストの配列を再解釈してみたい。

三浦氏は初出『朱欒』版を故郷の喪失・疎外から脱出への願望という物理空間レベルで把握し、「初出の方が自然な展開」[25]と評し、米倉氏は現行の「その二」が初出では結末に配列されている意味を「現実生活における違和感[26]」を示すためと捉える。

「小景異情」は、阿毛氏の『四季』での『抒情小曲集』の空間把握を参照すれば[27]、水平軸に〈みやこ―ふるさと（家―自然）〉、垂直軸に〈空―花・緑―土〉をおいた空間の二重性（物理空間／精神空間）を前提としてストーリーが作られていることになる。したがって、現行の各詩の配列は物理空間レベルでの解釈では不十分である。

そこで、現行の「小景異情」を配列順に要約する。「その一」では故郷での対家族・自然（動物）的な孤独が描かれ、「その二」では故郷・都会への両義的な離別と待望が語られる。「その三」ではロマンティックな喪失の感傷が示されるとともに、「その四」では後悔と涙が植物の比喩で示される。「その五」では人間関係をこえた自然（植物）との一体化が志向され、「その六」では開花あるいは生の発展が待望される。

つまり、「小景異情」は、ささやかな物理空間レベルでの故郷の喪失・脱出から、植物との精神・心情の一体化という異情に生の充足をみる、エコロジカルな生と詩の誕生を語るテクストなのである。

（1）久保忠夫「ふるさとは遠きにありて」（『近代詩物語』有斐閣一九七八・一〇）参照。
（2）室生犀星「詩集年譜」（『感情』一九一六・七）に対する三浦仁「『抒情小曲集』覚え書」（『国文学言語と文芸』一九七六・七）の検討を参照。
（3）テリー・イーグルトン『詩をどう読むか』（岩波書店二〇一一・七）七三頁。
（4）佐藤信宏『詩の在りか』（笠間書院二〇一一・三）一一二頁。
（5）三浦仁『室生犀星』（おうふう二〇〇五・四）二五五頁参照。
（6）前掲『詩の在りか』一一〇頁参照。
（7）北川透『萩原朔太郎〈言語革命〉論』（筑摩書房一九九五・三）二一七頁。

（8）『三好行雄著作集7詩歌の近代』（筑摩書一九九三・九）一三三頁。
（9）ポール・ド・マン『ロマン主義のレトリック』（法政大学出版局一九九八・三）三三二頁。
（10）前掲『詩をどう読むか』二九頁。
（11）『室生犀星研究』（翰林書房二〇〇六・三）二一六頁。
（12）ロマーン・ヤーコブソン『一般言語学』（みすず書房一九七三・三）一九四、二二〇頁参照。
（13）「『抒情小曲集』の主題と方法」（『日本文学研究資料新集23』有精堂一九九二・一一）一三二頁。
（14）前掲『詩の在りか』一一一頁。
（15）注14に同じ。
（16）「雑誌「朱欒」における「小景異情」の構成」（『金沢大学語学・文学研究』一九九〇・七）参照。
（17）前掲『萩原朔太郎〈言語革命〉論』二一七頁参照。
（18）「小景異情（その一）」（『文学のこゝろとことば』七月堂一九九八・六）一八～二〇頁参照。
（19）阿毛久芳「『四季』における『抒情小曲集』」（『日本文学研究資料新集23』）一七九頁。
（20）久保忠夫『室生犀星研究』（有精堂一九九〇・一一）四五頁参照。
（21）三好行雄は、「熱い願望」（『三好行雄著作集7』（筑摩書房一九九三・九）一三二頁）と捉え、三浦氏は、「弱々しい」（『室生犀星』二五七頁）と捉えるが、これは詩的効果の帰結にほかならない。
（22）「「ふるさと」はどこにあるか」（『上智近代文学研究』一九八九・三）八六頁参照。
（23）前掲「「ふるさと」はどこにあるか」八七頁参照。
（24）前掲『三好行雄著作集7』一三三頁。
（25）前掲『室生犀星』二五四頁。

（26）前掲「雑誌「朱欒」における「小景異情」の構成」二四頁。
（27）前掲「『四季』における『抒情小曲集』」一七八頁。

4 体験／非体験のイメージとジェンダー——加能作次郎「世の中へ」

一 伝記研究から物語分析へ

加能作次郎の「事実上の出世作[1]」である「世の中へ」（『読売新聞』一九一八・一〇・三〜一二・四、のち『世の中へ』新潮社一九一九・二）は、継母・ゆうとの関係が思わしくなく中学進学希望をもった作次郎が父・浅次郎と相談し、伯父・万次郎を頼って一八九八年に上京し旅館・薬店の丁稚奉公をし、その年末に伯父の静養に従い清水の別荘で下男のように雑用をしているうち入院し手術を受け、翌九九年三月に退院すると別荘隣の伯父の勧工場の丁稚を務め、翌〇〇年伯父の四条の洋食店で働くに至る「少年時代の実経験を取り扱った自叙伝的なもの[2]」とされるように、一人称の自伝的小説である。

したがって、主人公・恭三が継母を避けて勉強するために能登を出奔して京都に行き四条の伯父の家で丁稚生活をし、伯父、伯母・お雪と三人で清水に転居しているうち、病が再発して入院し、また姉お君も私生児を産み、厳しかった伯父も主人公にいずれ店をもたせると言い、お雪の病気で開店が翌年に延期になった四条の勇喜亭で、開店後は懸命に働いたと梗概をまとめられる「世の中へ」での当時の主人公の感慨が、坂本政親『加能作次郎の人と文学』（能登印刷出版部一九九一・一二）のように、伝記研究を裏付ける根拠とされる。

とすると、(1)では京都にでてきた「私」の「世の中へ出る」ことへの「不安」、現実・社会との対峙に対する「恐怖」が、当時の心情として呈示されることになるだろう。

(1)私の心は、今夜からこの眼の前に聳えて居る大きな家の人となり、多くの見知らぬ人々の間に起臥するのだといふ漠然とした不安や恐怖やで一杯になつて居た。「これから世の中へ出るのだ。どんな運命が自分を待つて居るだらう?」子供の私には勿論そんなはつきりした意識はなかつたが、詮じつめればそんな風な気持で一ぱいになつて居たのであつた。(2)

しかし、ここでは当時の語られる「私」と現在の時点から語る「私」の位相のずれがある。「はつきりした意識」の「なかつた」当時の「子供の私」の内面を、現在の「私」が意味づけ作り出しているのである。

二　目に見えないイメージを見る

こうして「世の中へ」は、物語テクストとして、現実・当時とはいったん切り離された虚構として成立している。自伝的小説だから描かれている出来事は全て実体験であるわけではない。

能登を出奔する「私」は船から集落を眺める。

(2)周囲を木立に包まれた百戸足らずの家が、まるで小石を掴んで置いた様にかたまつて居た。其の上へ日光が直射して、所々の白壁などがきらきら光つて居た。小じんまりとした美しい画の様だつた。(1)

(2)では目で見た家々は小石や絵に喩えられ、光景は対象そのものから比喩によって別のものに変換されている。描写のレトリックによって、生の現実は加工されて認識される。

(3)私の眼には先づ自分の家が指点された。私は誰も居ない空つぽの家の中を思つた。どの部屋もの光景が隅々までありくと見えた。広間の、夏は塞いである炉の蓋の上に小猫が眠つて居るのまで見えた。(略)私は此の仏壇の中に、幾つも生きた霊が住つて居る様に思つた。そして、今誰も居ないのを幸にお伽噺の中などに出て来る小鬼の様な恰好をして、広間や納戸や勝手などへ出て来て、ぴよんぴよんと飛び跳ねながら進んで居る様に思はれた。そして其の様子がありくと眼に映つた。(1)

(2)に続く(3)では、「私」は現在舟にいる自分には実際には見えないはずの「家の中」の光景を「思つた」後で「見えた」と言い、「家の中」にいても見えないはずの霊を「思つた」後に霊の鬼のような動きを「眼に映」らせる。ここでは実際には体験していない出来事のイメージを想像＝創造して認識していることになる。(3)では現実には目で見えないイメージの世界を見ているのである。

「世の中へ」では、現実の対象とテクストの言語記述とは直接対応しない。実体験の出来事は現実ではなく比喩として叙述され、未体験の出来事もイメージとして提示されているのであり、世界の体験／未体験は繋ぎ目無く織り込まれて表現されているのである。「私」は、世の中の現実を体験するという意味での「世の中へ」向かっているとは必ずしも言えず、イメージを体験することが「世の中へ」の歩みなのである。

こうした体験の物語化は物語の体験化と結びつく。「私」は薬屋の丁稚をしていたとき、投書経験のある少年雑誌を買って読んで伯父に叱られ、入院中に看護婦から『金色夜叉』『不如帰』などの小説を借りて読んで文学への関心を高め、勧工場で自由に小説や雑誌を読むようになる。物語という言語による現実とは別の世界イメージに「私」は親しんでいたことになる。

三 相反する評価の謎

ところで、西蔵明氏は、「人間は善人でも悪人でもなく、というより時には善人にもなり悪人にもなるという、人間そのものの実相を凝視する作次郎の小説作法(3)」を指摘する。

なるほど女たちの描写には相反する評価が示されている。伯父に叱られている「私」に「お雪伯母が（略）優しく庇ふ様に言つた。が、私はその時お雪伯母を信じなかつた。私は彼女を怖れた」（3）と猜疑心でお雪を捉え距離を置くときと、「お雪伯母の肩を揉」み「着物の上からでも、彼女のしなやかな、ふつくりした身体に触れ、その温味を感ずるのを喜」（8）ぶように、嫌いなお雪をも性的な関心の対象になるときがある。それは、継母の場合も同様である。

(4)継母には其時すでに三人の子供が出来て居て、私との仲が兎角面白くなかつた。私が居る為に、家の中がいつも陰気で湿つぽく、父までがどんなに人の知らない心の苦労をして居たか知れなかつた。（1）

(5)母は義理ある中であるが為に、私の出奔の責が彼女にある如く人々に思はれないかを非常に恐れたこと（略）を聞いて姉のお君は頻りに母を罵つたが、私は何だか済まない様な気がしてならなかつた。（6）

(4)・(5)は継母と「私」との不和を描き、「私が居る為に」という(4)は「私」の被害者意識から継母に否定的であり、「何だか済まない」という(5)は継母に同情している。しかし、継母を否定する(4)で「家の中がいつも陰気で湿つぽく」感じるようにしていたのは「私」であるとも考えられる。「私」のイメージ感覚が相反する評価を作り出しているのである。

四　対象と主体におけるジェンダー

「私」の出奔の理由の一つともなっていた、慕っていた姉・お君だが、私生児を産んだ際に「私」は「罪人の様に、羞恥と悔恨とにぶる〳〵身を震はしながら凝ぢつと畳の目を見つめて居た。思はず涙がさしぐんで来た。黒い汚い泥を無理に咽喉に押し込められて居るやうに、只窒息するばかりの不快な苦渋を感するばかりで、何を思ひ考ふる余裕もなかつた。」(10)と不潔なものとして否定する。お雪伯母の浮気に対しても「私」は批判的である。継母やお雪伯母に対しもともとは否定的であった「私」が、判断を改める契機は入院中の看護婦達の交渉(6)にあったように思われる。

(6)看護婦達（略）の優しい親切は、母の愛といふか、また広く女の愛といふか、さういふ風な温い情愛に餓ゑ渇いて居た私、否それを曾て味ひ知らなかつた私をして、まるで幼児の母親に対する様に甘えさせた。ひがんだ、いぢけた、頑な私も、真裸になつて彼等の胸に飛び込んで行くことが出来た。そして、彼等の温い情なさけに浸つた。（6）

入院生活で受けた看護婦達のケアに「私」はほだされ、藤村という看護婦に恋をする。語る現在の「私」は、入院生活を「早熟な私にとつて、肉体的にも精神的にも、丁度少年期から青年期に移りかけようとする過渡期」として意味づけ「異性に対する、あどけない憧憬といつたやうな、甘い情緒の芽が、いつとなしに萌え初めて居た」（8）と概括する。

これはいわば性の目覚めであり、異性に対する欲望が喚起されている。一方、そうした欲望は性に限らない。

「私」はもともと幼い頃から喫煙を愛好しており、京都暮らしでは喫煙の「欲望を制するのに苦し」みつつも、欲望を「抑へ〳〵して来た」が「勧工場へ出て、いくらか自由を得るやうになると、私は遂にその欲望に打ち敗け」(8)てしまう。

欲望する主体として「私」は言語的に成型される。「私」は性的欲望の主体に成長するが、嫌っていたお雪伯母に触れるのはそうしたかすかな欲望の対象として伯母を見ていたからだろう。では、なぜ頼りにしていた姉・お君の出産には嫌悪感を感じるのだろうか。

ここで、「世の中へ」での「私」の京都暮らしに最も影響を与えた伯父を参照してみよう。時に暴力をふるう伯父は暴言も吐くが、伯父のひどい言動にも「私」は「優し」さを感じる。たとえば、進学を希望する「私」を罵った伯父の「家で斯うしてゐるのが厭なんなら、何処なと好きな所へお行き。」という発言に「冷やかであつたけれど、底には温かい情がひそんで居る」「自分の心をも知らずに、浅墓な奴だと、伯父は心の中で叱り且つ憐んで居るやうであつた。」(4)と「私は感じ」(5)る。坂本は、こうした点に「伯父の仕打ちの中にさえ温かい善意を汲み取ろうとする態度」を指摘する。

(7)私は本当に親身になつて働かうと思つた。二十五まで忠実に働いたら、洋食屋か牛屋をもたしてやるといふ約束めいた言葉を、私はそのまゝ言葉通りに聞きはしなかつたけれど、そんな十年も末のことはどうなるか分らないと思つたけれど、その後いつまでも私の心から消えなかつた。(略)大きな料理屋の主人になりすまして、ぞろりとした立派な絹物ぐるみで、若い美しい女房と二人連で、祇園の夜桜だの、鴨川の納涼だの、といつて暢気に遊び歩いて居る自分の姿を空想に描いて独り微笑んだ。(9)

伯父の「優しい言葉」(9)とは伯父と同じ商売人として「私」を成型することを目指しており、(7)前半では伯父の言葉に「私」は半信半疑であるかのようだが、後半では「私」は伯父の呼びかけに応えて料理屋の主人として、幸福を実現する主体となることをイメージする。つまり、(7)前半は既に伯父の言葉が成立しなかった語る現在からの「私」の弁明が混入しているのであり、後半は語られる過去の「私」を捉えていたイメージなのである。とすれば、姉に対する嫌悪は男性を中心とした家庭を築かず私生児を産んだことに由来するといえるが、その背後には、欲望の対象としての女を望む欲望の主体としての男性性への共感が「伯父」と同じく「私」にもあり、女達が欲望の主体となることを嫌っているのではないだろうか。

五　実感と観照

こうした主観的な判断は単なる好悪に基づくもので非合理的で自己中心的な評価が示されがちである。加能作次郎は「世の中へ」を書く前に以下のような主張をしている。

(8)実感が真に溌剌たる生命ある実感たるには、一度観照の鏡にかけられていなくてはならぬ。蓋し実感は観照によってのみ深められ、強められるものであるからである。（略）主客合一、自他融合の境に入った渾然たる芸術はこの実感と観照との完全なる調和を俟つて始めて出現すべきである(5)

(8)では、物語世界の表現はたんなる「実感」ではだめで、対象に自己を没入させることで、「生命」を味わう「観照」的態度を必要とすると主張する。ここでは、対象が自己と同質のものとなることで自己の世界的拡大が果たされることになる。当然、そうした主観的判断には誤りが不可避となるだろう。

しかし、「世の中」では、そうした主観的判断の誤りを疑い自らの判断を相対化するのではなく、主観的な判断を修正しつつも、新たに獲得した判断をその都度正しいものとして位置づけている。これは、山本芳明『文学者はつくられる』（ひつじ書房二〇〇一・一）が明らかにした作中人物が前向きであればその小説の作者は理想を目指しているのであり芸術的価値が高く、作者が理想を持っているが故に作中人物も前向きであるという大正期の循環論的な文学パラダイムと呼応する。「どんな状況に置かれても、何らかの主人公の〈生きる意志〉を読みとることができる」[6]という杉原米和氏の指摘はこうした構図のもとで理解できよう。

六 暗転・破綻の意味

ところで、「私」が初めて見た京都の河原に対する姉の言葉が初出(9)と単行本(10)では異なっている。

(9)「つい此の間までこの河原に納涼があって、ほんまに綺麗どしたえ。」姉はさう言って暗い河原を指したが、私は顧みもしなかつた。（2）

(10)「つい此間まで、この河原に納涼がおして、ほんまに綺麗どしたがな、こなひだ大水が出てな、皆流されて、まだ夜があんじようならへんので、淋しんどつせ。」しかし、私は顧みもしなかつた。（2）

(9)ではハレとケの反転という日常的な周期性が示され、(10)では繁栄の災厄による破滅という構図が示されることになるだろう。杉原氏は当初予定の半分のところで擱筆せざるをえなかったための改変であると指摘する。[7]つまり、いわば順調に進んでいたものが不意に非合理に破綻するプロットが構文化されているのが単行本のレトリックなのである。

同様に、伯父の事業を長期にわたって中断させたお雪の大病(11)と回復は非合理的なものとして描かれる。

(11)ところが丁度その矢先に意外な不幸が起つて、この新しい事業に一頓挫を来した。それは肝心のお雪伯母が、腸窒扶斯に罹ゝつて避病院に入院させられたからであつた。お雪伯母は言ふまでもなくこの新しい商売の女主人公なので、彼女なしにはどうしても店を開けるわけには行かないのであつた。伯父は気抜けがした様にがつかりした。伯父にとつては恐らく最後の新しい首途の前に、斯うした不幸が突然起つて、その幸先きを挫かれたので、何か不吉な前兆ででもあるかの如く、彼をしてこの新事業の前途を危ぶみ怖れしめた。「不吉やな！」(9)

お雪伯母の眼は「毎日病院へ通」ったが「別段悪くもならなかつたが良くもならなかつた」ため「陰気な、重い沈黙がまた家の中を領し」てしまう。気にしたお雪伯母は、「気味の悪い」「怪行者の許へ行き出」し、眼が「不思議にも段々快くなつて来た（と彼女自身言つた）」ため「彼女は益梅林の行者を信じた。そして今迄よりも一層繁く梅林へ通つて御祈祷して貰」う。清水の家は「見様によつては、何となく陰気で、繁華な明るい其の辺の空気とは一寸不調和に感ぜられる位であつた」とされ、行者に改築を勧められた。しかし、伯父は「家の入口や便所の位置を換へることを肯じなかつた。多少の負け惜しみもあつたが、尚行者の言ふことには半信半疑であつた」(9)ためという。

お雪伯母の回復を目指す苦闘は、坂本が「素直に彼女らの心の中に入り込んで、その立場を理解してやろうとする態度をも全く捨ててはいない(8)」と指摘する箇所に当たるだろう。

しかし、そこで描かれるのは怪しい行者を信じる伯母の非合理な信仰であり、行者の指示する治療法も不潔で却って治癒を遅らせかねない代物であり、伯父が伯母の言葉を否定するように、非合理で劣った女に男が苦り切るという構図のように一見見える。しかし、伯父が「不吉やな」というように、合理的・科学的な認識を伯父も持っていない。語られる過去の世界は、運気や祈祷という現世においては無根拠なものに左右される怪しいものが力を持つ世界である。これは伯父の人為による運命の打開がうまくいかないことを半ば予兆している。

そして、それは伯父だけにとどまらない。京都に出奔してまもなく不本意な丁稚生活を送っていた「私」は、「最初から丁稚になるつもりで出て来たものの様に勝手に定めて了はれて居るのがもどかし」く「つらかつた」(5)と語る。「しかし私の丁稚生活もさう長くは続かなかつた」(5)とその直後に運命の好転が示される。同様に、(7)で店をもとうと思い、物語結末での「昂奮と活気とを呈した」(11)勇喜亭での懸命に働く「私」の行く末も容易に暗転しうることが示唆されるのである。

しかし、そうした暗転においても前節で示したように、「私」は前向きに乗り越えていくだろう。「世の中へ」の暗転・破綻とは、そうした苦難を乗り越える「私」を提示する意味があるのである。

(1)西蔵明「加能作次郎・評伝」(『石川近代文学全集5』能登印刷出版部一九八八・二)三七二頁。
(2)加能作次郎「私の自作に就て語る」(『文章倶楽部』一九二九・一)。
(3)「加能作次郎・解説」(『石川近代文学全集5』)三七九頁。
(4)『加能作次郎の人と文学』一四七頁。
(5)「自己描写と客観化」(『文章世界』一九一七・七)。
(6)『加能作次郎ノート』(武蔵野書房二〇〇〇・一〇)六五頁。
(7)『加能作次郎ノート』五五~五八頁参照。

（8）注4に同じ。

5　偉さというアレゴリー――新美南吉『良寛物語手毬と鉢の子』

一　はじめに

新美南吉『良寛物語手毬と鉢の子』（学習社一九四一・一〇、以下『良寛物語』[1]）は、良寛の伝記物語である。とはいえ、表現に注目すると、一般的な伝記の語り方とは異なる。

出来事の叙述の根拠は史料ではなく、語り手の想像にある。また、語り手がそうした想像を読者に伝達することを顕在化する点で、『良寛物語』は物語世界の叙述と物語世界創造の叙述が結合したメタフィクションである。

また、『良寛物語』は、良寛の生涯を誕生から死まで直線的・連続的に語るのではなく、トピックとなるエピソードを集めたオムニバス形式で語っている。エピソード間はゆるやかに繋がっているだけで緊密な関係はない。このため、史実との対応ではなく、いかなるテーマが展開されているかが分析のポイントとなるだろう。

研究史を概観する。佐藤通雅氏は、「汚れなきゆえに傷つきやすい人間はいかにして生きていくか[2]」を『良寛物語』の主題とする。だが、汚れのなさとは誰にとってどういう価値を持つのか考えるべきだろう。そもそも、「人と人との心の交流は滅びのかたちでしか持つことができない[3]」と捉えるように、佐藤氏には飛躍に満ちた臆断が多い。

一方、滑川道夫「良寛と大岡越前守における短編性」（『新美南吉全集4』牧書店一九六五・九）は『良寛物語』の短編小説性を指摘し、南吉の他の童話との対応関係を探る。また、渡辺和靖「音読による授業構成の試み(2)」（『愛知教育大学研究報告人文・社会科学』二〇〇六・三）は南吉の参照した典拠と『良寛物語』を比較し、会沢俊作「新美南吉と良寛」（『豊田工業高等専門学校研究紀要』一九八八・一二）は『良寛物語』のモチーフとなる南吉の詩を検討する。先行論は、短編小説性から童話との類似性を指摘するが、典拠探しにとどまる。典拠にない少年期の挿話の創造の意味も含め、個々の短編や断片が物語全体の中でどのように関連し、いかなる意味作用を持つのかは、十分に検討されてはいない。

そこで本章では、物語のフレーム構造をふまえ、語り手のメッセージとあわせ、個々の断片で描かれる読者モデルの様態を関連づけることで、良寛の偉さが組織される様態を考察する。続いて、その偉さの内実を救済と自己改善の反復と矛盾、および対人関係をめぐる字義と比喩の葛藤から検討する。

二　創造される偉さ

『良寛物語』の語り手は、冒頭部「この本のはじめに」で、良寛の生涯を物語るに際し、史料は老齢期しかなかったという。

(1)老人になった良寛さんの話ばかりが残っていて、良寛さんが子供だった時分は、どんな風だったかという話は、まるで残っていない。（略）良寛さんの子供時代は多分こんな風だったろう、こんなことがあったろうと想像して、その話を君たちにしてあげよう。（は）

(1)では、少年期の史料はほとんどないため、語り手は「老年期の良寛の言動から逆に子ども時代を想定[4]」する。『良寛物語』はいわば語り手の作り出した、良寛という名前の主人公の物語によって良寛を評価することが求められるテクストなのである。

しかも、想像＝仮構は子供時代だけとは限らない。

⑵わしら人間も、ひとりぼっちでは、生きていられないのだ。みんなが一緒になつて、お互に助けあって生きていくのだ。（略）――わしは、あそこへいこう。島崎村の、わしを迎へてくれるという家へたよってゆこう。一羽遅れた小鳥のように、わしは人々のところへ追いすがってゆかう。良寛さんの眼からとめどなく涙が溢れ、平野の家々の灯はうるんで一つに見えた。（17）

⑵は晩年の良寛が、人は助け合って生きていくと悟り、島崎村の家にたよろうと思う箇所である。それに対し、佐藤氏が、各種伝記を検討し、「身よりもない老体を保てぬから山をおりるのが真相[5]」と指摘するように、老齢期においても想像は表現に関与する。さらにはそもそも語ることが虚構である。

いずれにせよ、良寛の偉さは、語り手の創造する偉さである。

⑶私はこの本のおしまいのところで、君たちに良寛さんが偉いところが、わかったかどうか、きくつもりである。（は）

⑶はそれを読者が承認・保証することを前提としている。

では本編において、良寛の偉さはどのように提示されるのだろうか。

⑷良寛さんは、人が驚くような大きな仕事をしたわけではなかった。良寛さんの偉さはじみで、目立たなかった。

ちょうど眼に見えないほど細い糸で、しみじみと降る春雨のやうに。春雨は土を黒くうるほし、草や木を芽ぶかせてやる。良寛さんの人がらも、その周囲の人々の心をうるおし、うわついていた心をしっとり落着かせ、知らぬ間に希望と喜びの芽をふかせるという風である。世間で偉いといわれている人々の中には、なるほど固い意志の力を持って大きな仕事をなしとげはするが、人間らしさを持たないという人もないではない。しかし良寛さんはそんな人とは違っていた。良寛さんは、飽くまで人間らしさを失わなかった。(17)

(4)は良寛の偉さを人柄・人間らしさに求めている。ここでの人間らしさとは、大きな志による救済・改善ではなく、世間の片隅でよい雰囲気を作り子供と遊ぶといったささやかさと結びついている。それは指導性・有用性とは異なる無用性・受動性を人間らしさとする保守主義的な価値観と結びついているのではないか。仏教には世界救済や悟りのための能動的な側面もないわけではないが、そうした能動性が導く変革ではなく、無用性や弱さによって現状を肯定するからである。

(5)良寛は馬鹿者のように見えていて、なかなか心が寛い、少しもこせつかないで、運命のままに身をまかせている。いつどんなところででも、居眠をすることができるくらい、心には、余裕と落ち着きがある。(12)

(5)は国仙和尚が渡清失敗後の良寛の人物を評した言葉である。「師にも褒められるほど修業を積み、誠の道の奥深くはいっていい」(12)くことは、ここでは変革や向上を目指すのではなく、現状に安息することであり、それが人間が出来てきたと見なされる。

周囲の人々も「黙ってい(略)て他人を感化」(16)し、威張らず人の心を和ませる良寛を立派と評価し、良寛の無欲さが欲深な弟・由之の考え方を改めさせ、「兄さんは偉い」(13)と思い、反対癖のある船頭の武助も良寛が怒ることを期待して川に落として救うが、感謝する良寛に謝罪し「心のええひと」(16)と認め、書家の亀田鵬斎は、書を売ることのない良寛の書のすばらしさを自分以上のものとするからである。

語り手はそれらを偉さとは直接には結びつけないが、弱者に対する救済・配慮はそうした保守性に対して亀裂を生じさせるだろう。

縁側を切ることで筍を伸ばした良寛は、「そいつの頭が縁側につかえているうちは、どうも他人事のような気がせんでのう、わしも頭を誰かに抑へつけられているような気がしておつた。」(13)と語るが、貧しい子を仲間はずれにしていた子供たちもその子に毬をあげる良寛の振る舞いが「正しい」(14)と考える。ここでは、旧来の秩序が良寛の関与によってかすかにゆらぐのである。

正しさやよさ、あるいは字のすばらしさは、偉さとは意味が異なるが、良寛を褒め称える点で偉さの根拠を作るカテゴリーなのである。ここでは、一般人・近親者・子供・書家・へそまがりという様々な立場の人が良寛の偉さを認めている。

また、良寛の書を醤油屋の看板にするのはもったいないと優れた書家が自分の書を看板にして良寛の書をしまわせる挿話は、良寛→亀田→巻菱湖→富川大晦と繰り返されるが、これはある観点の評価が連鎖的に多くの人に承認されていくことを意味する。

三　本当と純粋

ところで、語り手は、本編部分で描かれる良寛の評価について、良寛の偉さを語る大人自身が偉さが「どれほど」であるかを理解していないが、子供は大人が気づかない「ほんとうの良寛さんの偉さ」を「すばやく」「先に」見ぬけるという。

(6)良寛さんは偉かったと大人たちがいっている。それればかりか、良寛さんの偉さが、どれほどであったかということは、大人たちにもまだよくわかっていないのである。そうだ、ひょっとすると君たちの方、すばやくほんとうの良寛さんの偉さを、見ぬいてしまうかもしれない。大人たちが気がつかないでいることを、君たちの方が先にわかってしまうかもしれない。（は）

わかった気になっている大人に対して子供は本当にわかることができると主張する(6)は、大人と子供の間に世間知の有無によって正しい判断ができるか否かの差異があることを示している。いわば汚れた大人に対し、子供は純粋として肯定されている。そうした純粋さによって子供は大人より容易に本当の良寛の偉さを把握することになるだろう。さらに、良寛が「心の純真な人」（10）と評されるように、純粋さは『良寛物語』の描写対象と受容対象に共通する。

汚れが周囲との関係の層だとすれば、そうした関係を切断することが純粋となろう。良寛は泥棒と間違われ捕まった際に落とした手毬を釈放されて拾うときに純真とされるが、そうした純真さとは大人たちとの適切な応答ができない結果生じたものだとすれば、肯定的な意味のみを持つのではなくなるだろう。

純真な良寛、子供時代の栄蔵も周囲から孤立していた。

(7)子どもたちは十人ばかり、お御堂の前の、陽のあたる階段に腰かけて騒いでいた。栄蔵はいつもの癖で、みんなから少し離れたところで、優しい眼をしてみんなの方を眺めていた。（略）いつも栄蔵はみんなと話をしなかった。何か話をしかけると、みんなは栄蔵の言葉に笑い出すのであった。その言葉が、女みたいだとか、のろくさくしているとかいって。（1）

⑻どういうわけで海の方へ行くのか、栄蔵は知らなかった。ただ鹿の仔が従順についてくるのが可愛らしかったので、ふりかえりふりかえり、石につまづいたりしながら、じき近くの海のなぎさへ下りていった。金ちゃんと勝ちゃんと豊ちゃんもついてきた。この子たちはこれからどういうことがあるか、もう知っていた。（2）

⑼栄蔵は学科がよくできた。だから先生に愛された。しかし、ここでも栄蔵は仲間はずれにされた。（略）人間の世界では、すぐれた者と劣った者とが、ともに爪はじきにされることが度々あるものだ。（5）

⑺では優しい栄蔵は女みたいと馬鹿にされるように言葉を交わすこともできず、子供たちには溶け込めない。また、お日待ちで鹿を殺すために海辺に行く大人について行く⑻では、栄蔵は他の同年輩の子供たちが知っているような世間知を持たない。また、⑼では学問に秀でる者が孤立するとされる。

ここで、ある関係を切断することが別の関係を作るとすれば、純粋は不純ではないだろうか。純粋はただ単に欠損なのではなく、別の何かが付け加わっているからである。栄蔵は階層的には農民の上層に位置するが、孤立し世故にうとく、人間関係では劣っているものと一括してカテゴライズされる。また、鹿の仔は、「いうにいわれぬ優しさをたたえてい」（2）る目を持つ点で栄蔵と類似性を持つが、「可憐な、愛くるしい、かなしげなもの」（2）という評は語り手が意味付与してカテゴライズしている。そうした純粋や本当が語り手の言葉によって成立するとすれば語り手は自らを特権化する物語戦略を採用している。とすれば、子供は語り手の望む評価を見出すとき純粋とされる。

四 物語における読者モデル

そうした物語戦略を組織するために語り手は表現に内容を与えるべく、語り手の想定する反応を行う読者が『良寛物語』には書き込まれている。

ウンベルト・エーコは、テクストの戦略として、「作者たる自分が考えていたとおりに、テクストの顕在化に共同作業しうる」、言い換えれば「作者が生成〔テクストの〕においてふるまったのと同じように、解釈においてふるまいうる」[6]モデル読者概念を提起した。つまり、テクスト解釈は、解釈の結果を根拠に自らの妥当性を確認していく循環的な過程で構築されるとすれば、テクストの意図は基本的にはテクストについて推測を行えるモデル読者を生み出すことである。

本節ではエーコのモデル読者に導かれ、テクストがモデル読者を生み出すための装置について考えてみたい。それはテクストの中に描き込まれる読者である。すなわち主人公・良寛がいかにテクストを受容するかが、『良寛物語』の受容モデルとなると考えられるのである。

まず読書への接近である。鐘をみだりについた罰で蔵に閉じ込められたことをきっかけに栄蔵は本の世界に没入し、祖父に許しを得て読書に励む。祖父は「学問を好む一つの魂の芽生えを見」(1)るように、栄蔵は「知らない沢山のことを知りたい」と考えている。さらに、読書が今ここことは異なる虚構世界を作り上げるとすれば、栄蔵の四章での空想癖や十七章での言われたことを確認していこうとする姿勢は、虚構世界と現実世界とのすりあわせとして捉えられるだろう。

そして読書は読者に影響を与える。たとえば、栄蔵は塾で学んだ儒学の書物からは「よく考えればわかってくる言葉」(5)の「訓えを〔略〕自分の中へとり入れ」、「素直であたたかであわれ深い言葉」の物語や和歌を昔から未来にある事例(10)として受け止める。

(10)昔もこんなに様々な悲しみや苦しみがあった。今もそれはある。そしてこれからもきっとある。それはいつの日になくなるだろう。（5）

特に、(10)では、虚構の事例が現実の事例となる点で、虚構と現実とが越境する。

一方、実利に対して虚構が優先される事例もあった。寺の掃除を手伝うと子供にはお菓子が与えられたが、あるとき老僧はお菓子の代わりにある話を栄蔵たちに聞かせた。他の子はお菓子がいいと思うが、栄蔵はお話がよいと思う。老僧の話は、兄を返り討ちにした笛吹きの男を敵討ちしようと弟が放浪しているとき、一年間閉じ込めた虱に血を吸わせたため病気になり、医者から敵討ちをあきらめれば治療代をただにするといわれ偽って承諾するが、医者をだましたことが男の心を寂しくし、仇に会うが復讐心が起こらず、自分をあさましく情けないと思った男は復讐をやめ僧侶になって橋の建設資金を集めるというものである。滑川氏は、この話を「恩讐を超えた仏教的な平和主義の理念に通ずる」(7)と評するが、ここでは主人公が泣いたときに「栄蔵もついもらい泣きをした」（3）という作中人物と読者との共感・対応を見るべきだろう。そして、栄蔵は、一般の人と異なり、物語に価値を見出す。

また、玉島にむかう旅で、旅は人生と重ね会わせられ比喩的に繋がるだけでなく、良寛は、かつて老僧から聞いた敵討ちの侍が探していたのは「仇」だが、自分の探すのは「誠の道」だと、作中人物と自分とを対照させ、旅と物語を接続する。

(11)旅はさまざまなことを教えてくれた。これまで本の中で読んだことは、みなほんとうであった。しかし、それ

らの多くのことは嘘でもあった。(8)

(11)は物語が本当として現実と接続するとともに、現実が物語に比して嘘すなわち不完全な世界として改めなければならないことを示している。「それはまた、この世で良寛さんのしなければならぬ仕事が、実に大きく、涯しないということでもあった」という良寛の改革への志向、あるいは他人の助言を聞かない出家・修行への強引さは、こうした物語の世界が規範として良寛を律していることを意味する。

敵討ちと旅の事例は、物語を重視し、それと対応した反応を示す良寛をあるべき物語読者として提示し、『良寛物語』の読者モデルの様態を経験的読者に示すのである。このような読者モデルを通して、物語を読者がどのように受容するかが示され、『良寛物語』読者がテクストで語られる良寛の偉さを受け止めることが求められる。

一方で、語り手は「良寛さんはどんなに、こっそり住んだか。良寛さんの歌を見ればわかる」(13) というように詩や物語は書き手の心情や日常を示すという民俗詩学を提示する。とすると、物語内の詩は良寛の心情・人生を示すとともに、それを語る『良寛物語』は南吉の心情・人生を読ませてしまうことにもなる。読者モデルは必ずしも一義的に修練するわけではないのである。

五　救済と使命

次に、語り手が偉さを評価する(4)に至るまでの、良寛の出家・修業のプロセスをたどってみよう。

鹿の仔が殺されたことに栄蔵は「なんという無惨なことを人間はするものなのだろう。」(2) と心を痛める。栄蔵は、弱い動物の生命を安易に奪うことを不正として捉えている。

また、父に叱られ家出をして父を心配させたことを栄蔵は父への憎しみからの振る舞いだと後に「あさましく思」（4）い、「自分の心の中に、悪いものがはいっていることを判然知」り「取り除かねばならない」（4）と考える。成長したのち、自分の中の悪を排除することで改善しようとする。

さらに、富める者が貧しい者を見下したり、仲間はずれにする差別を栄蔵は不合理・不正と捉えている。

(12)不合理や不正が、世の中には実にたくさんあるように栄蔵には思われた。子どもたちの間ばかりでなく、大人たちの世界にも。（略）――どうして力のある人々は、力のない人々のことを思ってやらないのだろう。どうしてお金のある人々は、貧しい人々の気持を察してやらないのだろう。…（5）

富める者・強者の配慮のなさを疑問に思う(12)は不正・不合理の解決の困難性な現実をも示唆してもいよう。そして、旅の途中、良寛は繁盛する江戸と静かな京都を見て、幕府の権勢と皇室の抑圧を感じる。

(13)正しいものが息をひそめ、そうでないものが力を張っている姿が、ここにも見られると良寛さんは考えた。正しいものは姿を現さねばならない。間違ったものは影を消さねばならない。――これは良寛さんのしなければならぬ仕事が、ほんとうに大きく、限りないということにほかならなかった。（8）

良寛の不正を改め、正しくする理想(13)は、本節でもみたように当初は弱い小動物への愛護や弱者への配慮などからから始まったが、ここに至って政体の変革に繋がっていった。だが、良寛は政体変革のために必要な手立てをとることができただろうか。

そもそも考え方の点で、世界の変革は良寛には難しい。悪人の死刑にたちあった栄蔵は「悪い人間でしたけれども、人間が人間の力であの者を処刑してしまっていいのでしょうか。」(6)と玄乗破了和尚に打ち明ける。栄蔵は理由の如何を問わず人間が人間を殺すことを否定する。この考え方は、司法権力の行使を否定するだけでなく、後に栄蔵が批判する幕府への武力闘争も否定する。合法的な暴力装置への対抗手段をもたない限り、抵抗は内的な思いにとどまる。さらには、この考え方は当時進行している大日本帝国の中国侵略をも否定することになるだろう。一方で、変革のための行動の具体化ははなはだ迂遠である。

(14)「苦しみから、人々を救わねばならないと、わたしは思うのです。それにはまず第一に、私自身がひとつの真理を掴んで、偉くならねばならないのです。(略) しかし、その真理がいくら探し求めても、わたしには悟れないのです。」(9)

良寛は、真理を手に入れれば人々を救えると考えていた。宗教的真理は心の持ちようから獲得されうるが、一方で社会改革は困難であり、ある格差をなくしても別の格差が生じるとすれば、苦しみの解決は困難である。一方、仙桂和尚とあった良寛は焦り(14)を捨てる。

(15)「慌てたって駄目なんだ。」(略)「なるようにしかならないのだ。」(略)「落ち着いて、こつこつあたえられたことを、やっておればいいのだ。」(9)

良寛は当初困っていた女の子を見捨てていたが、仙桂和尚と会った後に助ける。目の前の女の子を助けないことは、自分の頭の中の救済に囚われて実際に困っている者を助けない自己中心的発想である。(15)でのなるようにしかならないとは流れにまかせて、大改革ではなく状況の中での改革を行うことになり、女の子を助けることは救済の具体化でもある。この点で、着実な歩みを選ぼうとしたと言えなくもない。

しかし、そのあとも良寛は鎖国の禁を破って「清へ渡って、学問をして、偉い坊主になるつもり」（11）で長崎に向かう。一方、出島の鐘の音に良寛は安らぎと幸福を感じる。

(16)わしは分不相応なことを希っていたのだ。（略）わしもわしにできる望みをもとう。そしてそいつを、やり遂げよう。それができたら、さらに次の望みを持つことにしよう。（11）

(16)では、良寛は大それた望みは捨て、分相応の望み、言い換えれば日常的な目標の実現による日常性の確認・強化を行っている。ここでは、九章で克服されたはずの大変革・救済願望の復活と、再度の放棄が語られているのである。

そして、そのささやかな変革願望も「幕府の大きな力の前に」「自分ひとりの力が、どんなに弱いものかを知って絶望した」（12）父の自殺を前に、良寛は放棄してしまう。

(17)良寛さんはできるなら、お父さんの志をつぎたかった。しかし今はまだそのためには早すぎることを、良寛さんは知っていた。――わたしのような能なしが、いくらもがいたとてどうなろう。（略）よい時期が来るまで待たねばならない。（略）――いや、ほんとうに、わしは能なしじゃ。こんな能なしは人の世の片隅に、こっそり生かしてもらうより仕方がない。こっそり片隅に生かしてもらおう。（12）

世界の片隅に生きるという(17)は、「ありのままに生きようとする謙虚な姿を描いている」[8]と評価されると共に、「父の勤皇思想を受け継が」ない点で「時局に対する批判的な姿勢を示」すと捉えられた。むろん、(17)は時期尚早だと述べているのだから、必ずしも受け継いでいないとも言い切れない。ただ、そうした変革の方向性が以後表現されないで(4)に至っている。そこでは、雀が良寛の木鉢の米をついばむのを認めるように、良寛は世界の中に調和して生きている自分というエコロジカルな生を送っているとも考えられる。

いずれにせよ、史実の良寛の人生は一貫していたとしても『良寛物語』の良寛は矛盾している。ここで言う矛盾とは要素・階層間の対立だけでなく解決したはずの問題の反復でもある。問題の反復とは、個々の局面での解決が決定的な意味を持たず、相互に矛盾した立場をもたらすからである。その点で『良寛物語』の良寛は断片化された挿話の集積によって、断片化された主体を描いているとも言えないだろうか。

六　字義と比喩の矛盾

ここでは、そうした主体の様態を検討する。その際、注目するのは他者からの呼びかけや他者との伝達における比喩と字義の矛盾である。

まず、父から「今に蝶になってしまうから見とれっ。」（4）と叱られた栄蔵は、父は今まで嘘をいったことがないから、自分が蝶になると思う。

(18)して見るとこれは大変なことである。今にも栄蔵の体が、魚屋やりょうしがよく売りに来る、あの平たい蝶になってしまうかもしれない。いや、もうなっているのではあるまいか。栄蔵は慌てて自分の足を見た。幸いなことにまだ人間の足をしている。しかし、もううかうか遊んでいることはできない。こんな道の真中で蝶に

なったら、ちょうど、りょうしの魚籠から、はね出した蝶のやうに、砂の上でぺんぺん跳ねていなければなるまい。（4）

滑川氏は(18)を「空想好き」[9]の現れと捉える。だが、ここでは父の言葉を本当に蝶になるという字義的な意味で捉えてしまい、礼儀をわきまえない栄蔵への父の怒りや注意として比喩的に捉えることができない栄蔵の言語処理能力が問題となるだろう。

考えてみれば栄蔵は名主時代代官と領民との調停も字義的にそのまま双方の言い分を伝えてしまい対立を激化させてしまっていた。栄蔵は「嘘をいうべきだった」（6）のだが、「ほんとうのことが好き」であるため「嘘が嫌いなので」、それができなかったと自覚し、「世の中には嘘や不正ばかりだ、それだから坊主になって世の中を捨てたい」（6）と出家を望む。

ここでは嘘を使って対立する両者を調停・和解させる者に対して、それができない者として栄蔵は自分を規定する。栄蔵は便宜的な言葉の使用を否定し字義的な使用にこだわることで世渡りを断念している。

しかし、それは栄蔵自身を無垢な者とし他人を悪とする見方(19)であった。

(19)世間の人間はみんないけなくて、お前さんだけがよいもんのように聞こえるが、そのお前さん自身の中には、いけないものはないかのう。（6）

和尚の言葉(19)に世間の人間よりも自分の「ほうがもっといけない」と認めた栄蔵は、自分の心の中のいけないものを、はっきりさせて、そのいけないものを一生懸命取り除く」（6）ために出家するという。ここでは、栄蔵自身への意味は多義化したが、行動は変わらない。栄蔵は、単に嘘・比喩・多義を拒否するのではなく、自分の意志を変えない。良寛は、言わば、覚醒しない変わらない人物なのである。

良寛には出家を始め、悟りや渡清など、強引な行動が多い。泥棒と間違われ捕らえられた時も、母の死が「寂しくて、やりきれ」(10)ず、「寂しさをこらえていくことが、きっと立派な修行」なのだと「今日は自分をひとりぼっちにしてやろうと決心し」て、尋問に応答しない。見知った農民が僧侶だと証言してくれるに及んで、応えなかった理由を「なにもかも因縁だと思ってあきらめておりました」(10)という。周囲の尋問に応えない理由は修行のはずが諦観でもある。泥棒捜しという共同体の目的からは修行／諦観いずれも冤罪を生み真犯人を捕らえるのを妨げる行為でもある。それは真理という一義／救済に対して誤りという多義／独善を優先することでもある。字義的なものを重視する物語はここに至って字義を否定するのである。

この語りの反転は寂しさに対する異なる態度にも表れる。

(20)五合庵は寂しい。つるした石の楽器のように頼りない。外は杉ばかり、壁にかかっているものは詩ばかり。お釜の中には塵が積もって、かまどに煙の立たぬ日が多い。だが東の村には友達がいる、月夜になると訪ねてくる。(13)

(21)今は、はっきりわかった。良寛さんは人が恋しいのだ。一人でいるのは寂しいのだ。――若かった日、わしは寂しさに耐える修行をした。どんな寂しさでも平気でいられるように努力した。そしてあの時分は、それもできた。しかし、年をとったのか、わしはまた寂しさが我慢できなくなってきた。結局、わしは、ひとりぼっちではいられない弱い人間なのだ。(17)

なるほど、寂しさは(20)・(21)のいずれも言及しているが、暮らし方は異なる。(20)は寂しくともが友達が訪ねてくるので暮らせるのに対し、(21)では老齢からか寂しさに一人では耐えられないという。(20)の時期では良寛は「わしはこれ以上何も望まない。なんでもありがたいと思って生きている。」(13)とも発言するように、世俗的欲望を否定しつつ、反復する日常=修行を肯定していた。だが、晩年の(21)では修業を否定し、人との関わりという世俗的欲望を肯定する。このとき、良寛の子供達への慈しみは、人格的完成による慈愛から、単に良寛が寂しいためという孤独の解消として書き換えられる。こうして、良寛の偉さを創造する『良寛物語』の語りは同時にその偉さを否定していくのである。

七　おわりに

この点で『良寛物語』が語る良寛の偉さはアレゴリーである。「この本のはじめに」では、語り手は、本当や純粋のレトリックを駆使して良寛の偉さを創造する。テクストで描かれた読者モデルは、『良寛物語』が語る良寛の偉さを受容するモデルとして機能する。では、その偉さの内実とは何か。救済・改善への意思の強さの減衰・断念によって具現され、字義と比喩のズレに見られる対人関係の障害から浮かび上がるそれは世界との調和とも捉えられる。それを偉さと捉えるのは保守的な現状肯定のイデオロギーであろう。言い換えれば、語りのフレーム等を用いて偉さを伝える語りは同時に偉さではないものとして良寛を表現する。

それゆえ、「この本のおわりに」において、良寛を「偉くも思えないし、好きにもなれない」読者を想定するのは、『良寛物語』が同時に偉さを語ると共にそれを否定する「話し方」をしているからである。それに対し、語り手が用意するのは「この本だけで、良寛さんをつまらなく思ってしまってはいけない。良寛さんのことを書いた書物は、まだ他にかなりある。」（お）という他の根拠である。しかし、『良寛物語』のすべての読者がそれらを確認するわけでもない。こうして『良寛物語』は良寛の偉さを伝えきることはない。

（1）本章の引用本文は新美南吉『良寛物語手毬と鉢の子』（中日新聞社二〇一三・七）を底本とする。なお、本章では、主人公は、物語全体・出家以後の箇所の分析において良寛、出家以前の箇所の分析では栄蔵を、それぞれ呼称として採用する。
（2）『新美南吉童話論改訂版』（アリス館牧新社一九八〇・九）一八〇頁。
（3）前掲『新美南吉童話論改訂版』一八八頁。
（4）前掲「良寛と大岡越前守における短編性」三六四頁。
（5）前掲『新美南吉童話論改訂版』一九二頁。それまでも「五合庵は寂しい。（略）だが東の村には友達がいる、月夜になると訪ねてくる。」（13）という発言が示すように、寂しさは交友で乗り越えられていた。
（6）『物語における読者』（青土社一九九三・九）八七頁。エーコは、同書九七頁で、「モデル読者とは、ひとつのテクストがその潜在的内容を十全に顕在化されるために、充たされるべき幸福の条件、それもテクスト的に確立された条件の集合」とも規定する。
（7）前掲「良寛と大岡越前守における短編性」三六五頁。
（8）前掲「音読による授業構成の試み(2)」一八頁。
（9）注7に同じ。

6 感情労働とディスコミュニケーション——徳田秋声「足袋の底」

一 はじめに

現実を再現するための理論と実践を広義のリアリズムと規定すれば、リアリズムの小説テクストとは、語り手／聴き手を媒介として世界との身体的な相互作用、知覚、運動感覚、イメージ形成、視点の投影、カテゴリー化などの認知能力に基づき、事象・出来事を見通す統一的な視点によって、現実を動機づけ構築した物語テクストだと言えよう。

むろん、言語は不透明であり、物語は作者が語り手を媒介として想像／実際の受け手に何らかの影響をもたらすインタラクティヴな言語使用イベントである以上、テクストは現実を確認する鏡ではなく、現実への関与／行為を遂行する媒体でもある。とすれば、テクストにとっての現実とは、作者／読者がテクストを制作する都度に再構築されるコンテクストということにもなるだろう。

乗松亨平氏は、リアリズムにおける現実を、親密な公共圏でのテクストと一致する「現実（〇）」からテクストが到達困難な位置にある「現実（一）」＝「真実」、さらには未決定な真偽判定がアイロニーによって遅延化された「現実（二）」に整理し、「現実（二）」がモダニズム以降を含んだ近代文学の言語的テクストの核となっていると指摘する。[1] こうした現実の水準の区別が現実の歴史的展開と対応するか否かは再検証されねばならないが、テクストの読解の深度の点では有意義な視座を提供している。

徳田秋声「人生の真の意味」（『新潮』一九一一・二）(1)は、意味、すなわち真実は共通コードではなくテクストの行間を読み込むことで得られると主張する。

(1)世の中のこと、云ふものは些と見れば単純なやうであるが、深く思ひを潜めて観ると、いろ〳〵複雑した大きな意味が含まれて居ることを発見する。（略）或は初歩の人々には意味と云ふことが分らないかも知れない。（略）意味とは、言葉を換へて言へば真理と云ふことも出来るし、生命と云ふことも出来るし、又定相と云ふことも出来る。

(1)では、テクストをアイロニカルに理解できる精読者とそうではない一般的愛読者が対比されている。リアリズムは個別的主体によって成立するが、描かれているものが現実だと誰もが理解できるためにはそれは社会的規範によって公共化されていなければならない。しかし、主体の個別性は、読解の深度にスライドするとき、真実の名の下に普遍化された知以外の正当性の根拠を探さざるを得なくなる。リアリズム小説における修辞や、イデオロギーという物語性は、現実ないし真実を構成する媒体である(2)。この点で、永井聖剛『自然主義のレトリック』（双文社出版二〇〇八・二）が田山花袋で分析してみせた自然主義テクストの修辞性は、「生まれながらの自然派(3)」徳田秋声も同様に吟味されなければならない(4)。その点で、秋声テクストに対する物語論的検討は必須であり、森英一『秋声から芙美子へ』（能登印刷出版部一九九〇・一〇）・大杉重男『小説家の起源』（講談社二〇〇〇・四）はそうした仕事に数えることができよう。また、「町の踊り場」（『経済往来』一九三三・三）での踊り場での見る／見られる関係のパフォーマティヴな相互性、あるいはモチーフの静動の反転運動は、そうしたレトリックの検討によって浮上するものである。

さて、語り手と対象の間には、見ること、語ることをめぐる支配／被支配の権力関係が想定される。対象とは他者であり、リアリズム小説は現実という名の他者の代理＝表象のテクストと言えよう。他者を見ることと語ることとは代理＝表象を支える行為である。リアリズム小説の表象システムと資本主義による〈帝国〉支配は、周縁・外部とされる他者イメージの恣意的生産を可能にする。こうしてリアリズム小説の事実確認性が現実を作り出す行為遂行的な力を持つ様態を、主体が対象を恣意的に意味づける他者表象の力学として確認できるだろう。旅先で出会った女たちがスリなのか否かの判断に迷う「夜航船」（『新潮』一九一六・九）は見ることによって個人の価値観と共同体の価値観との相互交渉がなされていくテクストである。「足袋の底」（『中央公論』一九一三・四）は老人と娼婦という資本主義システムの周縁部に位置する存在のディスコミュニケーションを描く。また、「ファイヤ・ガン」（『中央公論』一九一三・一一）での消火器をめぐる博士の誤解は、表象の主体が自らのシステムに囚われ他者像に脅かされていることを示唆する。それゆえ、他者を「了解不能の他者」と固定することで実体化する「深層批評」なるアプローチが自己の自閉化につながるとすれば[5]、自他の関係には代案が想定される。自己と他者の間の協働関係は、対象が観察者の見方を受け入れつつもずらしていく可能性があり、また他者との接触関係は他者を学び自己を他者化していく可能性もある。

ところで、親密な世界の破綻は自己を取り囲む空間が〈帝国〉の政治的・権力的空間として現れる[6]。テクストと人生において個人がふるまう役割は多様なものが想定されるが、テクストで表象される役割が根拠なき約束事であることを示すだろう。「車掌夫婦の死」（『中央公論』一九二四・四）は、法と欲望の対立という事態において、夫婦間での愛の承認／不承認に焦点をあてて戯画化することで真実と虚偽、欲望と愛という二項対立が再考される。

二　資本主義の中の老いと性

「足袋の底」は、彦爺さんと呼ばれる七二歳の老人が自分の楽しみの場である妾宅・遊郭に通い目当ての女や関係者に少しずつ相手にされなくなり嫌われていく物語である。タイトルは花魁お花に借金を申し込まれた彦爺さんが金はないと断ったものの、実は足袋の底に二十円を隠していた結末の挿話に由来する。

「足袋の底」は、秋声「短編中屈指の名作」[7]と評されるものの、主な先行論は『日本近代文学大系21』（角川書店一九七三・七）での榎本隆司氏の綿密な注釈と、森英一『秋声から芙美子へ』の表現効果の検討のみであり、両氏の視角は男性主人公の心情を共有しながらテクストを読解していくものであった。

本作のタイトル「足袋の底」は彦爺さんがへそくりを隠しておく場所として物語全体に対し部分となる換喩であるが、足袋が袋状であることが彦爺さんの気持ちが外部と切断されるような状態と抽象的に共通する提喩でもある。しかも、それは、人間の身体の下部にあり足にふまれる点で暗部でもあるように、そこで描かれる人間が劣位に置かれていることが示唆される。その点で、「足袋の底」とは、女と老人いう資本主義体制の周縁に位置する者が、決していたわり合い連帯するのではなく、病み衰えながらもだましおだて葛藤・交渉しつつ生きていく底辺の場の隠喩でもある。こうした資本主義経済システムは近代産業社会を成立させるとともに労働市場から高齢者を排除し無用者としての高齢者像を作り出す[8]。

ところで、彦爺さんは結末(2)では、花魁に申し込まれた借金を金がないと断ったにもかかわらず、実際には金があることを暴露する。

(2)「家が厳しいから、いつでも恁しておくんだい。」彦爺さんは十円札を二枚目の前で拡げて見せると、それを財布の底へ仕舞込んだ。「随分だよ。」女は呟いた。「お礼もつて、出さないんだよ、お豊どん。」「これさへありァ、どこへ行つても可愛がつてくれる。」段梯子を二三段降りかけた爺さんは、ふと後を振むいて、送つて出た女と下新の目の先で、財布を振って見せた。手や顔の筋肉が顫えてゐた。（四）

彦爺さんの腹いせは、花魁との別れの決意であり、仮に再訪しても以後は花魁の側も相手にしないだろう。森氏は腹いせを待遇の悪さによる「その日限りの虫の居所が悪かったため(9)」とするが、一時的な気まぐれとは別の結末の捉え方もできよう。「家が厳しい」とは、放蕩が過ぎる彦爺さんに家長である彦一が遠慮しなくなり、収入が限られてしまったことを意味する。「お爺さんは、この頃客になつた」(四)と下新に評されるように、彦爺さんの金銭状況は悪化している。もはや花魁に祝いをあげたかった彦爺さんは経済面ではもういないのである。

また、そもそも実際には彦爺さんはそれまでも「可愛がつて」もらえていたのだろうか。花魁との縁を絶ったとして、彦爺さんがもう少し若ければ他の女との関係を作ることがまだできたかもしれない。しかし、彦爺さんは手が震えるように衰え、他の女達も相手にしないように、女遊びももう難しい。森氏が、「老いを表現するこの描写で結んだことによって色と欲にとらわれる爺さんの側面のみが強調される(10)」と、多面性が一面化される過程に注目し、三章と四章とで時間的推移があるように、病やそれ以前からのふるまいを経て周囲の対応や彦爺さんの行動の範囲が変化・限定されていく物語の経緯を考慮すれば、側面の強調は時間的経過による人物の変化を意味していると考えられる。

文学テクストには規範や制度を崩すだけでなく生産する側面も見られる。「足袋の底」では、彦爺さんの病み老いる身体は、生より死に近い存在として健康者から分断され、若い男性の否定の対象として否定的な表象が割り当てられる。テクストは老いに対する嫌悪・排除を表象している。

そこで、本章では、彦爺さんにとっての女性の想像的な価値を確認し、物語内容レベルでの話し合うのことの不在に注目しつつ、彦爺さんと花魁との関係がセックスワークを生業とする女性のサービスに対する男性側からの期待の生み出したナラティヴであることを示していく。最後に、伝達の困難・危機も、花魁とのコンタクトも、女性と老いという資本主義経済システムの周縁領域に位置づけられた因子の相関として浮かび上がることを論じる。

三　イマジナリーな領域

彦爺さんは、なぜ妾宅・遊郭通いをするのか。それは個人が家族や社会から押しつけられたペルソナに異議を申し立て、欲望する主体として自らを自由に措定することのできるイマジナリーな領域[11]として彦爺さんにはそれらの場が想定されているからである。彦爺さんが現在周囲から割り当てられ望まれる隠居としての人生とは異なる人生が自分にもあると主張することは、自らの自由を尊重し得るもう一つの場を想像的に現出させること、すなわち自らの尊厳にふさわしいもう一つの場があるはずだと確信することを意味している。それが彦爺さんにとっての女のいる空間である。

(3)爺さんの心には長いあひだの生涯の記憶の断片が、一纏めになつて思出されるのであつたが、触れて来た女のことが、一層考へられるやうになつて来た。（略）［西田谷注：仕事］の記憶はいつからか、頭脳の底に消え込んでしまひさうになつた。（略）［西田谷注：女の記憶が］亡霊のやうに執念づよく心に絡はりついてゐた。（一）

(4)爺さんは頭脳が、くら〱しさうになつた。（略）急に淋しげに四下を眺めまはした。（一）

(3)では、かつての家長としてのふるまいにおいて彦爺さんにとって仕事と女は結びつき、しかも記憶では仕事よりも女の方が強い作用をもち、亡霊のように自分ではコントロールできないかたちで現在の彦爺さんに迫ってくる。しかし、現実(4)には若い女性はそばにいないため孤独を感じた彦爺さんは女を求めていく。

こうして妾宅・遊里という場は懐かしい／忌まわしい親疎の記憶と共にある時空間として、現在を現実に着地させる機能を持つ。現在に居心地の悪さを感じている彦爺さんは、変動しつつあるここから居心地のよい安定しているはずのユートピアへ移動しようとする。家を支えていた者がその価値を否定されたと感じ、かつての自分を保つために女を求めるのである。彦爺さんにとっては妾宅や遊郭はイメージ化された行為が与えられ得る期待の空間である。ユートピアで彦爺さんは女に歓待されなければ気が済まない。しかし、空間を構成するのは彦爺さん一人ではなく、そうした枠組みは誰かに共有されなければならない。

しかし、枠組みが共有されない以上、彦爺さんにとっての自己承認の手段である女遊びは、必然的に相手とのズレをもたらす。たとえば、対価との交換としての歓待、すなわちセックスワークと感情労働は無条件になされるはずがない。歓待の条件は、資本主義経済システムにおいては金銭であり、金銭に加えて、それに諾否をもたらす感情が条件となり、その感情の動因となるのが年齢であった。現在の彦爺さんは、妾を手に入れるのは難しく、娼妓からもてるわけではない。女を周旋するおこと婆さんは、「年を取つちや駄目ですよ。」（一）と、妾がなかなか見つからない理由が彦爺さんの老齢が原因だと匂わせていた。老人は性愛のカテゴリーから外されてしまう。

実際、彦爺さんに抱かれている妾は「天井などを見つめてぼつかりしてゐる羞恥心のない目」（一）と形容され、彦爺さんが入った店の娼妓は「押出すやうな笑方」（二）をする。羞恥は恥ずかしいと思える相手に対して表現されるのであり、金銭づくの関係である彦爺さんには妾は愛情もないため気持ちが全く入らないのである。また、娼妓の笑いを榎本氏は「人を食ったような笑い方[12]」と捉えるが、老人相手では嫌だがまだ断っていないので無理矢理笑いを作ってみせた様を言うのではないか。男衆にもいい加減な扱いを受けるように、彦爺さんは自らの安息の場と思う遊郭でも嫌われてしまう。

四　聞こえない声／語れない位置

「足袋の底」では彦爺さんが他の登場人物と直接対話するシーンは少ない。

(5)爺さんは遠い耳を傾けて、娘の声を聴取ろうとした。そして其度に合点々々をしてみせたが、干からびたやうな心は、狡猾く堅く鎖されてゐたのであつた。（一）

一章の末尾の場面(5)では彦爺さんは妾に心を開かない。榎本氏は「きき入れられることならきいて、相応の歓心を得ようという打算[13]」を読み取る。確かに打算もあるが既に耳が遠い彦爺さんは相手の声がよく聞こえていないのである。

これに限らず、彦爺さんには他人の声が聞こえづらい。

(6)女達の私語く声が、ぷり〳〵して出て行く爺さんの耳にも感ぜられた。（三）

(7)「老人の勘当なんざ、余りい丶もんぢやありませんからね。」婆さんは嫣然ともしないで話しかけた。「景気はどうだな。」半分聞はぐした爺さんは、猪口を干して婆さんに差した。（四）

(6)・(7)では、彦爺さんは自分への悪口を聞き取れずその場の雰囲気をただ感じるだけであり、自分の想定と周囲の状況が一致しない場合、とんちんかんな応答になる。老いによる伝達の困難は、周囲との関係において行為がちくはぐになってしまう。しかし、そもそも、彦爺さんは周囲の言葉に応えることなく黙り、独り言(8)・(9)を言う。

(8)「寝られないときは、お念仏が一番いゝんですよ。」「む、。」耳の遠い爺さんは（略）黙つてしまつた。（二）
(9)「生延びたのを、お爺さん有難いと思はなくちやならないよ。」婆さんが然う言つて聴かしたことが憶出された。（略）「何が有難え。」爺さんは猪口を下に置きながら、独で呟いた。（二）

心を静かにという助言に同意できないように彦爺さんには不満があるが、反論することなく黙ってしまう。あるいは彦爺さんのつぶやきには自分の考えを「当然のこと」[14]と思う気持ちがあるとしても、その当然を相手に直接主張せず、自分の中で思い出して反論しているに過ぎない。彦爺さんは自らの気持ちを婆さんに説明することはないし、同じ男の老人と趣味について話すこともない。聞こえず話さないとなれば、他人との濃密な関係が築きにくくなり、そうした孤独によって心が閉ざされていく。

では、なぜ彦爺さんは語ろうとしないのだろうか。

(10)彦一は時々、彦爺さんに素直な調子で意見をした。「………何も阿父さんに拵へて頂いた財産を、惜むつてわけぢやありませんよ。」爺さんは皮肉らしい顔をして、黙つて居た。「それよりは老人らしく、寄席か芝居にしたら如何です。」「おれは奴等の言つたり為たりして見せることよりか、どのくらゐ苦労してるか知れやしねえ。」爺さんは肚のなかで、然う思つたのであつた。（二）

(10)では、彦爺さんから店を譲られた彦一は、商売熱心で近所の評判も高く、飲酒や女遊びをする彦爺さんを影で嘲けり、老人らしい遊びとして芝居や寄席を勧める。しかし、それに対し彦爺さんは「皮肉らしい顔」をするだけで、やはり黙っている。

榎本氏は、彦爺さんを「孤独な依怙地[15]」と評するが、倉田容子氏の指摘(11)が参考になる。

(11)「孝」の観念の形骸化とその奥にある「真実」を穿つ言説は、老親を象徴的な「家長」の座から引きずりおろし、生身の肉体を持った被扶養者、すなわち家族内の弱者として再配置するまなざしを生む[16]

彦一と彦爺さんとの間には現在の家長と昔の家長（今は家長ではない者）という違いがある。世代交替によって息子の発言力・評価が高まり、一方で彦爺さんは自分の正当性を言語化して語ることができないため、女遊びをかつての自分を維持するために今も行為として継続する。ここでは新旧の家長の家族（彦爺さんにとっての自分）に対する主導権をめぐる衝突がある。彦一は彦爺さんの面目を直接つぶすのではなくかつての家長のふるまいとして半ば大目にみる一方で、「若いをりに（略）打突つた」（二）彦爺さんは家長でなくなった現在では直接対決を回避する。彦爺さんは語りたくとも語れない状況にいる。

四　錯覚される感情労働

テクストの後半で彦爺さんと関係を取り結ぶのは花魁である。先行研究では、「しだいにお互いの身をいたわるような気持ちのめばえをもたらし、それが女の爺さんを嫌わぬサービスぶりにつながっている[17]」と評され、二人の間には「真実の心[18]」すなわち、「商売を離れた気持ちが一時たりとも通じ合っていた[19]」と捉えられてきた。それらの論には老人と若い女性との間の交流を期待する解釈フレームがある。しかし、実際には花魁がしてみせたのはプロ意識に基づくセックスワーク・感情労働である。

(12)「お前は感心だよ。私がもう二十年も早く生れてゐれァ放擲つちやおかねえんだが。」「へゝ」と女はだらけた笑方をした。「然ういつてくれるのはお爺さんばかりだよ。」爺さんは能くも聴取れないような耳を傾けて、独で頷きながら、にやくしていた。（略）「若いのは駄目。」女はうつとりしたような顔をしてゐた。「わたいお前さんとこへ行こうかね。」女はえへらくと笑った。「お爺さんは七十二ですて。でもお神さんがゐちや矢張り駄目ね。」皮肉らしい目をぱちくさせて、爺さんは黙つてゐた。爺さんは、しんみりしたやうな心持になつた。「お前の出る時はア。身祝いに私も何かおごつてやらうぜ。」「何をくれるのさ。」誰も嫌がることでも、この女だけは別にそんな風も見せなかつた。（三）

なるほど、(12)では、花魁は、「嫌がる」「風を見せなかつた」ように、外から観察する彦爺さんには心は読み取れない。しかし、花魁の笑いは「だらけた」とあるように通り一遍のお愛想であり、彦爺さんも「独で」笑っているとすれば、そこに気持ちの交流は存在しない。金銭の交換可能性は対価を得るためにある。資本主義経済システムでは金銭によって性や人生が対価として交換される。しかし、それによって真情までもが交換されるとは限らない。身を売る花魁には色恋沙汰で商売に影響を与える若い男は避けなければならないという建前と、「うっとり」するように若い男との関係を望む本音がある。つまり、花魁が望むのは、金銭や老後の保障といった安全な現実的な見返りだけでなく同年代の若者との色恋いという非日常的な逸脱としての見返りである。実際、後に「金ちゃん」には「憎らしいからさんざ窘め」（三）たと語るよう花魁は本気の反応をする。それをごまかすため、花魁は彦爺さんのところに行こうかといいつつ「えへらく」するように上っ面のリップサービスをしつつ妻がいるからと駄目だと本気になられないように予防線を張っている。そもそも「どの男も女には可懐かつた。」（四）ように、花魁の愛想・サービスのよさは万人に対してであって、彦爺さんに対して特別な感情はない。

しかし、彦爺さんはむしろ「目をぱち〳〵させて（略）しんみりしたやうな心持になつた」と、花魁の愛想を真に受けている。語り手の「皮肉らしい目」という評価は外部からの評価であって彦爺さんの心情とは異なる。しかし、彦爺さんは遊郭で嫌がられており、それが花魁の表面的なサービスを真情と受け取るほど彦爺さんの判断を曇らせている。あるいはこうした上っ面の言葉で騙されるからこそ彦爺さんは二度も身上を潰し様々な女との関係がうまくいかないのである。

五　選別の力学

しかし、金銭と対価の均衡は安定した等価交換システムなのではない。そこには需要と供給を成り立たせる力が関与する。彦爺さんが払うお金と若者の払うお金はそれ自体としては等しくとも性交渉との交換が成立しない場合がある。参与者が交換システムに参入できるか否かをめぐって男女そして老若の境界が選別の力学として作用している。

前者は彦爺さんと婆さんの関係で例示できよう。「長いあひだ婆さんから、多く酬いられてゐなかつた」（二）と彦爺さんは伴侶に不満を持つ。しかし、婆さんとは「楽しい憶出」（二）もあり、婆さんは女の後始末もさせられているように、老境においてセックスワークを享受する主体はあくまで男性であり、女性に奉仕・配慮されるのが当たり前という意識が彦爺さんにはある。また、彦爺さんは「誰れにも愛されず、誰れをも愛することの出来なかつた自分のいぢらしい姿が淋しい」（二）と思う。これについて、森氏は、「単に好色で吝嗇なだけでなく、こういう面があるからこそ爺さんは立体的に造型されている[20]」と指摘する。そこで、好色と孤独を関連づけてその立体性を説明する必要があるだろう。いぢらしい姿とは彦爺さんの主観であり、愛さなかったのであれば愛されることもない。他者への要求が高く自分には甘いからこそ孤独になるとすれば、吝嗇・好色と孤独とは容易に接続しやすくなるだろう。

後者は三章から暫く時間が経過した四章での花魁との関係で示すことができる。最初に楼に来たのに下新に厄介払いされそうになったり、他の客より後回しにされ、やっとやってきた花魁は金を借りそびれるとさっさと去ってしまう。

(13)「ほんとに無いのお爺さん。」「あるかないか財布を見ねえ。」（略）「馬鹿にしてゐないね。」女は舌打ちをしながら（略）暫くぢッとしてゐたが、相手が寝入つたと思つたらしい風をしながら、直にすうと床を脱出して行つた。（四）

花魁の舌打ち(13)は従来、「爺さんの言葉を信じなかったことのてれかくし」や「鼻をあかされた感じの自分に対する腹立たしさ」[21]と解釈された。しかし、彦爺さんを後回しにすることを「下新も女と顔を見合わせながら、言（四）い、「この頃吝になつたから、花魁が厭だとさ」（四）と下新が指摘するように、もともと彦爺さん嫌いの下新だけでなく、花魁も彦爺さんに対して距離をとっている。とすれば、この舌打ちは彦爺さんに対してと考えるべきだろう。花魁は、頼りにならない彦爺さんと、頼りにならない彦爺さんを当てにした自分に舌打ちしている。花魁にとって、もはや彦爺さんはセックスワークの対象から外れている。

(14)「お爺さんにも、孫があるつて言つたぢやないの」「餓鬼は、己は大嫌ひだい。」（四）

（14）で、楼の子供の五月の内飾りを見るよう勧める花魁が望む老人らしい彦爺さん像を、彦爺さんは拒絶する。彦爺さんは性から自らを切断してしまう老いを認めたくないからである。一方で、この行為は花魁との距離を確認し増やすものでもある。こうして、日常空間において彦爺さんに居心地の悪さをもたらした老いによって、そのユートピアも居心地の悪い場へと変動してしまう。

六　まとめ

こうしてみるならば、「足袋の底」の彦爺さんの軌跡は、彦爺さんの意図とはうらはらに、現在を現実、つまり受け入れ可能な妥当性と実感をもつものへと着地させる試みであるとも言える。この意味で直接捉えられない現実は現在からは遅れて到来する。それは、もはや家長ではなく女にも歓待されない現在を、現実として受け止めることでもある。彦爺さんは、交換関係が常に不変であることを信じていたが、この場では性的歓待が訪れないと理解したからこそ彦爺さんは足袋の底のへそくりを暴露するのである。

（1）『リアリズムの条件』（水声社二〇〇九・一〇）三〇〇〜三〇二頁参照。
（2）ヘイドン・ホワイト「ポストモダニズムと歴史叙述」（「アフター・メタヒストリー」立命館大学二〇〇九・一〇・二二、http://www.ritsumei.ac.jp/acd/gr/gsce/news/200901022_repo_0.htm、閲覧二〇一一・九・二）が修辞や物語を、存在と価値の仲裁のパラダイムとするように、それらは世界を概念化する装置である。
（3）和田謹吾『増補自然主義文学』（文泉堂出版一九八三・一二）二八七頁。
（4）本書が扱う徳田秋声の短編小説は自然主義期に限定されないが、広義のリアリズムとして検討することで、ロマン主義とリアリズムを構造主義的な隠喩と換喩との対立に解消させず、単語レベルと異なりテクスト生成／理解過程は隠喩と換喩の複合であることをふまえるためでもある。
（5）田中実「村上春樹の「神話の再構成」」（『〈教室〉の中の村上春樹』ひつじ書房二〇一一・八）などの一連の田中氏のアプローチを参照。
（6）内藤千珠子「帝国の養女」（『大妻国文』二〇〇八・三）参照。
（7）野口富士男『徳田秋声伝』（筑摩書房一九六五・一）三九三頁。
（8）安川悦子「現代エイジング研究の課題と展望」（『「高齢者神話」の打破』御茶の水書房二〇〇二・四）参照。
（9）前掲『秋声から芙美子へ』一一二頁。
（10）前掲『秋声から芙美子へ』一一四頁。
（11）ドゥルシラ・コーネル『女たちの絆』（みすず書房二〇〇五・五）は、「わたしたちをこれまでイメージしてきた、そしてイメージし続けている他者とわたしが同一化することをつうじて形成される」「自己イメージ」によってわたしたちは「自らを思い描く」ように、「わたしたちが新しい世界を思い描き、さもなければ見えないままになっているものに輪郭を与えるような、根源的・創造的な想像力」として「イマジナリーな領域」（四七〜四八頁）を提起する。コーネルは女性を軸に論じているが、この構図は彦爺さんにも該当する。
（12）前掲『日本近代文学大系21』四一九頁。
（13）前掲『日本近代文学大系21』二四〇頁。
（14）注12に同じ。
（15）前掲『日本近代文学大系21』二一五頁。
（16）『語る老女語られる老女』（学藝書林二〇一〇・二）八六頁。
（17）前掲『日本近代文学大系21』四四五頁。

(18) 前掲『日本近代文学大系21』二四八頁。
(19) 前掲『秋声から芙美子へ』二一一頁。
(20) 前掲『秋声から芙美子へ』一〇九頁。
(21) 前掲『日本近代文学大系21』二五九頁。

7 生の修辞学――室生犀星『かげろふの日記遺文』

一 はじめに

室生犀星の王朝小説は、犀星が『伊勢物語』『大和物語』等の古典文学に着想を得て創作した一連のテクストを指す。書写による伝播、朗読・朗誦による享受によって受容された古典文学が活版印刷によって普及し黙読による享受がなされる近代小説へと異なるメディアへの移し変えがなされる点で犀星王朝小説は古典文学のアダプテーションである。

リンダ・ハッチオンは、アダプテーションを、翻案者と受容者とアダプテーションとの関与形態（語る／見せる／参加する）を基準とし、翻案者が先行テクストの受け手であり翻案テクストの作り手である点で、作者と受容者との対話的作業として捉え、その様態を1）記号の変換（認識可能な別作品の承認されたメディア・ジャンル・枠組み・コンテクストの転換）、2）製作プロセス（私的使用／回収という創造的かつ解釈的行為）、3）受容のプロセス（翻案元テクストとの相互テクスト性）の三点から整理する。すなわち、アダプテーションとは、先行テクストとの関係をパロディと異なり明示し、翻案が先行テクストに一定の批評的距離を持ち、派生的でありつつ新たにオリジナルな要素が加わることで変容した自律的な芸術形式とされる。その点で、「アダプテーションには記憶と変化、持続と変形が含まれている」[1]ことになるだろう。

ただし、犀星王朝小説は翻案元が王朝期の具体的なテクストの場合もあるが、翻案の変形の方向性を利用しただけで翻案元がないテクストもある。たとえば、「荻吹く歌」（『婦人之友』一九四〇・一一）は『大和物語』一四八段や謡曲など蘆刈説話の、「姫たちばな」（『日本評論』一九四一・三）は『大和物語』一四七段など生田川伝説の、「津の国人」（『虫寺抄』博文館一九四二・六）は『伊勢物語』二四段の、「花桐」（『PHP』一九四七・四）は『伊勢物語』六五段の、「野に臥す者」（『小説公園』一九五一・一〇）は『伊勢物語』一二段の、『かげろふの日記遺文』（『婦人之友』一九五八・七～一九五九・六、のち講談社一九五九・一二）は『蜻蛉日記』の翻案であり、「玉章」（『婦人画報』一九四六・三）・「舌を噛み切った女またはすて姫」（『新潮』一九五六・一）は翻案元のないテクストである。翻案元とは王朝文学ならぬ王朝的雰囲気であるとすれば、王朝小説はどのような世界を作り上げているのだろうか。

たとえば、王朝小説は近代社会への対抗小説なのではないだろうか。王朝小説は近代に対して否定的で懐古的である。物語を彩る人間模様は、近代社会では起こりにくい、しかし剥き出しの生を強いられている現在の格差社会では起こりうる事態である。すなわち、恋愛は富める者・持てる者、この場合では男性のみがそれを享受することができる。扱った多くのテクスト、たとえば「荻吹く歌」・「玉章」・「津の国人」では貧しい女と富める男が結ばれる構図をとる。貧しいままでは「野に臥す者」や「舌を噛み切った女またはすて姫」など愛は成就しないのである。

また、王朝小説は理性・抽象に対する反感、理智的なものの否定が見られる。「玉章」は亡父への愛をひたすら語りつづけて新しい男を招く書簡体小説であるが、それは誘惑に最適な語り方なのだろうか。「津の国人」ではヒロインは表層から深層を把握する照応の感覚を持つが、夫だけは感じ取ることができない。「花桐」での愛と生の永遠性の強調は現実の人間にとって知覚できないものでもある。

そうした理智の拒否は経験性への志向ともなる。「花桐」では神仏を否定し眼の前の男という具体性を重視するだろう。さらに、それは理性を超えた社会的共同性の創出へも連なる。「姫たちばな」では若者達の死の原因となった対立は生者の側にまで反復されそうになるが、過去の対立は切断され鎮魂の共同性が獲得される。ここでは、起きてしまったことは起きてしまったことであるとも言うべき諦観がある。

したがって、悲恋は政治・経済の体制秩序の格差が作り出す側面を持つが、改革による事態改善を目指すわけではない。むしろ、改良の試みは無駄で悪化させるという意味の「現実主義」(2)が王朝小説と親和している。なぜなら、「姫たちばな」では橘をめぐる二人の男の争いに現世的に落着させようとする改善の試みは破綻し、男女は共に死に至る。さらに、「荻吹く歌」「津の国人」など生活改善のために別離した男女の生活は必ず破綻する。

そうした悲劇の基底にあるのはステレオタイプ的な女性の造型による女性への憎悪である。「荻吹く歌」は自己中心的で利己的な、「津の国人」や「野に臥す者」は安定と魅力という生の充足を与える男に向かう、「舌を噛み切った女またはすて姫」は母性・野生との結合という、女のステレオタイプ的な見方を呈示する。

王朝小説は、ステレオタイプ的な女性観を反復・強化する物語なのである。このとき、女の本質は外部から対象に与えられている。だが、個々のテクストにむきあっていくとき、そうした本質に読者が囚われる必要はない。たとえば、「舌を噛み切った女またはすて姫」はヒロインの相互交渉の展開に応じてその都度獲得する主体の位置は女のカテゴリーの中で浮動する。あるいは『かげろふの日記遺文』では文学と女をめぐる評価の恣意的な変動が見られる。そうした変動によって利得を得るのは誰なのだろうか。

さて、『かげろふの日記遺文』は、『蜻蛉日記』の翻案であり、歌才に恵まれた紫苑が兼家に口説かれ道綱を生むが疎遠になり、兼家の浮気相手・冴野から優しく迎えるよう諭され、やがて兼家の妻・時姫等の願いを入れて身を隠した冴野がある夜、紫苑の前に現れ兼家を奪いあうが、兼家はいずれも選ばないという夢を見た紫苑が二人の女が一人になって一人の男を愛することがあると兼家に告げる物語である。

『かげろふの日記遺文』は、ヒロインの『蜻蛉日記』の作者・藤原道綱母に紫苑、単なる浮気相手・「町の小路の女」に冴野という名と夫・忠成を与え、教養・理智の文学／ありのままの生・女という兼家の考える二項対立の一翼を担わせ、結末においても夢とも現実ともつかぬ三人の対決の場を設けるように、翻案元の『蜻蛉日記』よりも

「町の小路の女」のプロット上の重要度を増している。

ところで、笠森勇氏は、『かげろふの日記遺文』の評価史を、詩人の分業の連続性、理想化された情緒を描く点に注目する抒情詩・散文詩、道綱の軽視と冴野の重視、忠成の造形に着目する原典『蜻蛉日記』との対比、冴野や紫苑という理想的女性像のありかたの考察に諸論を整理し、「虚構の極致」(3)と位置づける。笠森氏は触れていないが他に、結末の冴野と紫苑の対決を同化とみて一夫多妻の是認とする上坂信男『室生犀星と王朝文学』(三弥井書店一九八九・七)、冴野と紫苑の書く行為の共通性に注目し、紫苑にとっての兼家のメディアとして冴野を捉える戸塚隆子「室生犀星のメタ・フィクション」(『芸術至上主義文芸』一九九三・一)がある。なるほど、『かげろふの日記遺文』はヒロイン評価と結びついた文学嫌悪／文学愛が兼家によってなされている点で興味深いテクストである。

生であること／生きることとはレトリックであるとすれば、文学嫌悪は関係作りの拙劣さを隠蔽するために用意され、文学愛は関係の良さを意味するためにレトリックに取り込まれる。第二節は兼家の文学に対する両義的な価値観の持つ盲目性に注目する。また、テクストの結末は紫苑と冴野の対決であるが、二人の女が一人になるという紫苑の述懐は何を意味しているのだろうか。生きることのレトリックは字義的に同化のみを意味しているのだろうか。第三節は一人になることの戦略を検討する。

二　文学嫌悪の盲目性

紫苑は「心で思ったことを顔に現わす体の女でございませぬ。そのために長歌を物し日記風の物語をつくる」(1)と語るように、心情を直接表現せず、文学を通して間接的に表現する。文学は、その間接性によってディスコミュニケーションの萌芽となり、テクストは兼家との疎遠の解決の困難を描き、「知識というものの固苦しさから、ほんの、ちょっと出たところにこんな秘密があろうとは、紫苑の上は気づかなかった」(6)とあるように書くという行為には人間関係を築く上で盲点があるとされる。また、兼家は、紫苑の文学を嫌悪する。

(1)学をみがき文章を練るような紫苑の上は、すでにそのためにのみ生きている。(略)女としての物、女のやさしさをすでに文学にそそいでいて、そのためには私には何もくれはしないのだ。私には文学なぞ、ほしいと思ったことがない。(略)私はなまの女が見たかった。文学は読みたくなかった。(10)

(1)は兼家が冴野と比べて紫苑を批判する言葉である。紫苑は文学に全てをそそいでいるため、兼家は愛されないのだという。では、本当に紫苑と兼家の余所余所しさは文学に由来するのだろうか。

(2)紫苑の上の勿体振った、軽いおだてに乗らないのは自分の至らないところだとは、知らなかった。ただ、紫苑の上の歌才能文の誇りがそうさせるのだという意地悪い解き方をするより外はなかったのだ。(2)

兼家は、関係の初期である(2)でも、紫苑が自分に親しまないのは文学のせいだと考えている。しかし、語り手は傍線部では兼家自身に問題があり、それを兼家が自覚できていないことを示している。「本妻のある方には心が動きませせぬ」(1)と紫苑が言うように時姫の存在が兼家との距離を生んでいたのであり、さらに兼家は「学と智と高慢をふみにじるために」(7)紫苑が避けたい「慾情のかがやきを見ようとし」(2)、新たな女を作ろうとする。また、もともと紫苑は「余りに品の隆い顔というものには、人の心を容れないあざけりが含まれている」(1)とも評されるように、意思疎通がされないだけでなく相手に侮辱・拒絶感を与える美貌・振る舞いを持っている。

そもそも、紫苑の文学は兼家を拒否しているわけではない。

(3)いままで作り上げた矜りがあとかたもなく洗われ、別の紫苑という女が現われはじめたのだ。(略)生き身というものが心の高さとは別様なはたらきを見せている自分を感じた（1）

(4)私という一人の男のすみずみを見渡し、それを遍くうたい上げるために、私はその生き方を、始終、映し出されているようなものだ。私の生きていることは彼女の文学の内在となっている。(10)

(3)では紫苑は兼家との和歌の贈答を続けていく中で別の自分の出現を感じる。文学は潜勢的なものを現勢化する。当初は兼家とは無関係であった紫苑の文学は兼家とのやりとりのために、やがては(4)で兼家が言うように、兼家のことを書くために変容するとされる。

一方、兼家の称揚する「なまの女」とは(5)に示すように服・身分・学識を切断した表層の身体を本質として捉え、性愛の対象としてのみ女を考えるものである。

(5)女というものの蜜をたくさんたくわえている女が、私には甘い薫りを与えてくれる。(略)女が袿や襲や位や学びを脱いだ本来の姿があるのだ。(略)女が女として生きるところの、ただ一つの生き方をしているのだ。（2）

しかし、(5)が外見・身分・知識・文学その他の諸要素から切り離したところにアイデンティティを見出すとしても、アイデンティティはそれらの諸要素を組み込むことでしか形成されないだろう。

(6)最後に女はなま身で立ちむかうのであろうが、学も智もない冴野はそれをそのように愛せられるより外に、な

んの企てもない無邪気ともいえる振る舞いであった。(4)

その「なまの女」・冴野は(6)では紫苑と対照的に学も智もなく無邪気とされる。しかし、「なま身」であることは語り手ないし兼家の期待であって、無邪気も「振る舞い」すなわち動作という外見の観察から解釈されたものである。

冴野は紫苑に兼家を「只ただ優しくお迎えなさいませ」(6)と応接の技法をアドバイスする。兼家も含め「誰も愛して居りません」(9)と自覚する冴野にとって優しさとは、「なま」であることによる知の否定ではなく、技法という知による男の制御法と見ることができるだろう。とすれば、兼家が求める「なまの女」とは、文学、知を書くことに対する生=性という知を行うことに対して、兼家が男の立場から優位を与えた判断であり、兼家が当初否定した文学を排除しても、それは生の女ではなく想像の女に他ならない。

さらに、当然のことながら冴野も文学と共にある。紫苑は和歌を嗜み、和歌を作らない冴野は文章で気持ちを表現する。しかし、文字を遣う点で二人は同質なのである。また、紫苑の和歌は広く流通するが、冴野は「からだと頭で書いて見せていて、その才幹もまた恐るべきものだが、それを読んで解く者は兼家一人」(7)とされる。また、兼家は「冴野の言葉が歌などに漂う景色のように詠まれているものを感じ、それを快くうけ取」(7)り、やがて冴野が去った後には夢で冴野が逢いたいという「長歌の一章を示して見せてくれた」(11)とする。冴野の長歌は、それを聞いた紫苑の解釈の通り、兼家の冴野への思慕が作りだした幻影であり、いわば捏造されたテクストである。それはさておき、兼家は文学・知と「なまの女」を比較し前者を否定するが、「なまの女」には既にわかちがたく文学・知が浸透していたのであり、紫苑の文学を否定するとき兼家は文学に依存している。当初は兼家は理想の女を肯定する際の文学依存には盲目なまま紫苑と文学を否定する。

しかし、あるとき、兼家は冴野と時姫、紫苑が同質の存在であることに「ふと」気づく。

(7)この仕合わせな或日の感動が、決して今はじめて覚えたわけでなく、遠い日にもそれに似たもののあることに気づいた。それは時姫にも、紫苑の上にも、それぞれにあったいたいけな感動の新鮮さに驚いた日の、それであった。（略）人間はあたらしい女の人が現われると、感動もまた別個ないきおいで烈しく擦りよって来るものらしく、そこで三たびも生きかえって来るものだ。そしてどの人にも感受したものは嘘ではなく、その時は一生懸命なものである。（5）

理想の女として絶賛する冴野がいるにもかかわらず、後に兼家はあたらし野の姫へさらに触手を伸ばしていく。(7)で言うように、女たちは同質であるとすれば、差異は新旧という時間性のみであろう。選べる男には同質のものは自動化すれば価値が減衰するからであり、冴野が「異国人の肉体」（4）を持つのも新しさによって価値が与えられていることを意味する。同質であるが故に、やがて冴野も文学性によって捉えられ、そして紫苑の文学も肯定されていくことになる。

三　一つになることの戦略

兼家から夢で冴野の兼家への思慕の長歌を見せられたと聞いた夜、紫苑は冴野に襲われ「下衆」（12）とののしり短剣を手に取って争い、兼家にどちらを選ぶか迫る。兼家は「誰とも一緒に行けない。そなた達のどちらにも負けを取らしたくない」とその場を去って「闇に融け」、紫苑・冴野の瞳が「暗さを撥いて光」り、同時に紫苑と兼家は目を覚ます。すると庭には「人であって人でない物が動き、それは女であって、女でないもの」であり、兼家は「まだ、そなたはいたのか」と言う。一方、紫苑のそばには短剣が落ちていた。

(8)「殿、生きた二人の女というものが、思い余って一人になるということも、そして一人の殿に仕えるということも、あり得るような気がいたして参りました。殿の、おん心にあるものが、私をそのように躾けてまいるような気が、只今、ふといたして来ました。」「女のむねの奥にも、二人の男が同時に深い事情があって住む場合だって、あるように思われる。」(12)

(8)のやりとりを、たとえば上坂氏は「思いやりによって二人の女が同化する」ものであり、「男性本位」の「一夫多妻」と「女性本位」の「一妻多夫」の「調和志向」(4)として捉える。

しかし、これは調和なのだろうか。夢では日常とは異なる言動によって冴野と紫苑は二面性が表現され、兼家はいずれも選ばない。女達の提示する選択権を兼家は拒否し、別の女を選ぶこともできることを示している。兼家の振る舞いを肯定するのは既に去ってしまった冴野であって、紫苑は悲しんでいる。目覚めた後のうごめく何かを冴野と思うのが葉家であるように、兼家の思いは冴野に向けられている。

また、最後の言葉のやりとりについて戸塚氏は、冴野との初めての語らいについて、「女二人がその一人になるような瞬間が、人間には沢山ございますのね、(略)思うことはただ一つに限られていたら、もう話しあうより外はございませんね。」(6)と語る紫苑の言葉との類似性を指摘し、同じ男を愛する点で「互いに存在を認め、吸収しつつ共に生きてゆくしかない」(5)と、上坂氏ら先行論の同化を共存として捉え直している。

榎本隆司氏は、時姫・紫苑に比べ冴野の「顔が想い出せない」・「固定化しにくい」「表情などもさだかにとらえられない」とリアリティーの希薄さを指摘し、「ひとつの個性として描かれていない」ことで「多くの名もない女たちの一人として、言えば代表」[6]となるとして夢の物語であるが故に同化が可能であると主張する。

しかし、テクストで示されているのは、むしろ、二人の一体性・同等性がいかに機能し得ないかなのではないのだろうか。同化・共存が成立するのであれば女達は並立していい。しかし、一方は歴史に残り、日の当たる世界にとどまり、片方は歴史に残らず闇の中に消える。生と死、貧富の格差を同化説は無視している。ここに見られるのは一方を排除することで、残った者が消え去った者を継承・代行・表象するという構図なのである。

紫苑と兼家が覚醒した後に視界にはいったうごめくものは、人ではないものともされるように人間として生きる世界から冴野が追いやられ、動物しての剥き出しの生を送っていることを示唆するかもしれないが、そうした動物的な生とは別の生を冴野はどこかで送っているとすれば、そうした妖しげな存在を冴野と見なすことは、冴野の生のレトリカルな横領とも言えよう。また、兼家はその何かをもし冴野と思うのなら追いかけるか、あるいは冴野・紫苑双方から夢の世界と同様に離れるかをすべきだろう。そうしないのは、兼家が冴野と同等な女であり、歴史に我が名を残す女である紫苑を選んでいるからでもある。

むろん、夢での短剣が現実にも現れたり、複数の人間が同時に同じ夢をみるように超常現象が生起する『かげろふの日記遺文』の世界が夢と現実とが地続きとなるような幻想空間であることもありうる。しかし、超常現象が生じたとしても、光の領域を紫苑と兼家が占め、冴野が排除されることにかわりはない。

とすれば、紫苑が複数の女が一人になって兼家に仕えるとは自分以外の女の排除であり、兼家の言葉はそうした紫苑の一途さを退けることで、紫苑を一端選びつつ紫苑から距離をとることを示唆するのではないだろうか。

（1）『アダプテーションの理論』（晃洋書房二〇一二・四）二一四頁。
（2）アントワーヌ・コンパニョン『アンチモダン』（名古屋大学出版会二〇一二・六）三六頁。

（3）「「かげろふの日記遺文」再読」（『室生犀星研究』二〇〇七・一〇）二二頁。
（4）前掲『室生犀星と王朝文学』三〇六頁。
（5）前掲戸塚論文八五頁。
（6）榎本隆司「犀星試論」（『早稲田大学教育学部学術研究国語・国文学編』一九八三・一二）七〇頁。

初出一覧

＊は部分使用

Ⅰ　認知詩学／認知物語論的分析の試み

1　**認知物語論の動向**

「石原千秋著『テクストはまちがわない小説と読者の仕事』」（『日本文学』53―7日本文学協会二〇〇四・七）＊、「換喩・物語性・イデオロギー――認知物語論のコミュニケーション観から――」（『国語国文学報』63愛知教育大学国語国文学研究室二〇〇五・三）、「『認知詩学入門』討論課題・研究課題私解」（『愛知教育大学研究報告人文科学編』57愛知教育大学二〇〇八・三）＊、「〈ブックガイド〉認知物語論の今」（『認知物語論キーワード』和泉書院二〇一〇・四）＊、「中村三春著『〈変異する〉日本現代小説』」（『日本文学』62―11日本文学協会二〇一三・一一）＊

2　**詩の隠喩構造――北村透谷『楚囚之詩』**

「北村透谷『楚囚之詩』における概念隠喩の構造」（『国語国文学報』64愛知教育大学国語国文学研究室二〇〇六・三）

3　**仮想の視線移動――宮沢賢治「やまなし」**

「プリミティヴと危機へのまなざし――宮沢賢治「やまなし」」（『イミタチオ』50金沢近代文芸研究会二〇〇九・一一）

4　**反転する語り手の位置――梶井基次郎「桜の樹の下には」**

「語り」・「ダイクシス」（『認知物語論キーワード』和泉書院二〇一〇・四）＊

5　**引用と構成――古井由吉「踊り場参り」**

「古井由吉「踊り場参り」試論――テクストの引用と構成をめぐって――」（『紀要泉丘』1石川県立金沢泉丘高等学校二〇〇四・三）

6　**コンストラクションと共同体――梶井基次郎「檸檬」**

「エコロジカルな反逆と魂――「檸檬」のコンストラクション」（『梶井基次郎「檸檬」の諸相』愛知教育大学出版会二〇一〇・一〇）

7　メタフィクションのコンストラクション――筒井康隆『文学部唯野教授』
「筒井康隆「接続＝転位するコンストラクション――『文学部唯野教授』」（『国文学解釈と鑑賞』76―9ぎょうせい二〇一一・九）・「はじめに」（『メタフィクションの圏域』花書院二〇一二・一二）＊

インターミッション　明治文学断章
「文学」（『自由民権』27町田市立自由民権資料館二〇一四・三）、「日本立憲政党新聞の小説欄」（『会報』6文化史研究会二〇〇二・五）＊、「「真の友」と「走れメロス」の間」（『泉丘通信』317石川県立金沢泉丘高校一九九九・一〇）＊、「植木枝盛」・「中江兆民」・「末広鉄腸」・「坪内逍遙」・「幸徳秋水」（『国文学』45―13学燈社二〇〇〇・一一）

Ⅱ　幻想／ジェンダー／地域スタディーズ

1　恋愛とディストピア――北村透谷「我牢獄」・「星夜」・「宿魂鏡」
「透谷小説における恋愛と幻想空間――ディストピアの政治」（『北村透谷研究』24北村透谷研究会二〇一三・六）

2　唄のポリティーク――泉鏡花「山海評判記」
「唄のポリティーク――「山海評判記」」（『幻想の泉鏡花』花書院二〇一四・二）

3　詩の修辞構造――室生犀星「小景異情」
「室生犀星「小景異情」のレトリック」（『石川自治と教育』662石川県自治と教育研究会二〇一二・七）

4　体験／非体験のイメージとジェンダー――加能作次郎「世の中へ」
「加能作次郎「世の中へ」の語りとジェンダー――体験／非体験のイメージ構造」（『石川自治と教育』671石川県自治と教育研究会二〇一三・四）

5　偉さというアレゴリー――新美南吉『良寛物語 手毬と鉢の子』

「偉さというアレゴリー――新美南吉『良寛物語 手毬と鉢の子』」（『国語国文学報』72愛知教育大学国語国文学研究室二〇一四・三）

6　感情労働とディスコミュニケーション――徳田秋声「足袋の底」

「はじめに」・「感情労働とディスコミュニケーション」（『徳田秋声短編小説の位相』コームラ二〇一〇・一〇）

7　生の修辞学――室生犀星『かげろふの日記遺文』

「はじめに」・「生の修辞学――『かげろふの日記遺文』」（『室生犀星王朝小説の世界』二〇一二・一二）

あとがき

「差異化という普遍化」（『文学・語学』201全国大学国語国文学会二〇一一・一一）＊

あとがき

本書は、二一世紀になってから発表した論考のうち、小著『認知物語論とは何か？』（ひつじ書房）以後、小著『ファンタジーのイデオロギー』（ひつじ書房）に採録されたアニメ論と、いずれ『村上春樹研究（仮）』としてまとめる予定の春樹関係の論とを除いた論文をまとめたものである。小著『認知物語論とは何か？』は理論モデルの提出に主眼があったが、小著『語り寓意イデオロギー』（翰林書房）で想定していたのは、テクスト／言説分析を通して認知的な知見を更新していくことであった。本書のⅠは、テクスト解釈を通して理論的模索を行う限りで、もう一つの『認知物語論とは何か？』の側面を持つ。なお、多くは初出のままであるが、当初「はじめに」として手を入れていたⅠ―1は、長くなり過ぎ、却って読者に不親切と思い、短い「はじめに」をおくことにした。「はじめに」の記述が本書の骨格しか示していないのはそのせいである。

一方で、私は愛知教育大学で近代文学を講じていたため、職場柄、教科書教材を対象に論じることもあった。それに、中部圏での各種公開講座や地域誌への声がかかったり、そうした要望に応えるための仕事もしてきたこともあり、本書のⅡの論考の素材は教科書教材や郷土文学に関わるものが多い。

また、インターミッションには明治初期文学に関わる短文を採録した。二〇〇〇年に入稿した博士論文の公刊をまって開始する予定だった〈政治小説の展開〉に吸収されたはずの研究の萌芽である。刊行の遅れを始めとする諸事情から研究計画は破棄するしかなく、大変残念な思いを今ももっている。

さて、もとより本書全体を統一する問題意識はないが、しかし、私なりに思うところはある。一九九〇年代以後の日本近代文学研究は、出来事の正確な特異性において言説を把握することを目指す点で、テクストの置かれた歴史的文脈を探るアプローチが主流であろう。これは新歴史主義や文化研究を批判する者にもそれが必要な手続きであると思わせる点でまさに支配的なアプローチである。それに対し、本書の多くで採用しているのはそれとは異なるアプローチである。しかし、こうしたアプローチは決して異端なのではなく、むしろ新歴史主義や文化研究と拮抗・併存する。

ピーター・バリー『文学理論講義』（ミネルヴァ書房二〇一四・四）の最終章で「「理論以後」の理論」として紹介されるのは本書でも取り上げた認知詩学を含む、そうしたアプローチである。たとえば現在主義はテクストの現在における意味を志向し、既存の秩序の戦略的反転を行う。現在主義は、もし現在の問題に取り組まないのであればそれを今とりあげる意義はないとする。同様に、横断の詩学は、近代のテクストと現代の文化、政治、社会の情勢を結びつけていき、テクストの抑圧・無視された部分の遁走を探り、横断の力によって国家権力の抑制を目指す。むろん、国家権力に代えて、今日ではグローバリズムや新自由主義などの支配的な力への挑戦を、他者性を経験する場に探っていくことになるだろう。また、新美学主義はテクストの個別性や特異性を強調し、文学テクストとの対話を目指し、志向と感情の渦巻く動的なテクストの形式と倫理を現代的な操作概念に基づき問い直す。また、新歴史主義の修正版である歴史的形式主義は、テクストがどのように意味を算出するのかを探っていく。

自己のフレームによって切り取られ方向づけられていない過去に出会うことは不可能とすれば、歴史的な文脈を探ることは、現在の自己の物語を紡ぎ出すことである。また、歴史的なアプローチもテクスト分析もいずれもが結局自己との対話を続けている点で同じなのである。あるいは、社会的・歴史的な研究は自らの歴史的見解を決定的・永続的とまではいかなくとも優位的に価値あるものとして提出するが、それが移ろいゆくものであることは自明である。それらは決してテクストの解釈を決定させ終結させることはない。歴史的アプローチも非歴史的アプローチもいずれもが分析者／対象を特権化させる効果を持つ限りで同じであることには注意しておかねばなるまい。とすれば、特定の方向や手続きをとっていないという言明は、自他の立場の違いを示すだけで価値の上下を意味しない。

また、テクストは言語表現の関連づけの仕方によって多様な解釈を生成する。しかし、個々の読者のフレームによってその都度の一回的な意味を編み込む現象として生み出されたテクストは一つの意味しか持たないと捉えることもできる。多義的とされる構図自体が一つの意味なのである。たとえば、ウォルター・ベン・マイケルズ『シニフィアンのかたち』（彩流社二〇〇六・一〇）は、テクストの意味は読者の経験として定められ、意味の違いは主体の位置の違いによって定められていると説く。テクストは解釈でなく経験の対象として、何を意味するのかを何を行うかに問いが変わるというのである。そして、信念の差異はアイデンティティにおける差異とされ、政治の闘争では自己の立場は選べるが、文化の闘争では自己が何者であるかは変えられず、文化は身体的特徴のように不可変的なものとされる。セクシュアリティをめぐる身体的か文化的か、流動的か決定論的かという二項対立から一つを選ぶとき、私達は既にアイデンティティを選んでいる。

歴史的アプローチは、普遍的価値を語ることを同意の強制、自己中心として批判するが、地域・性別によって異なる観点を持つことは実際には真実の普遍性への反証にならないとも言えよう。なぜなら、異なる観点は事象を異なる観点から捉えるため同じ事象は矛盾なく異なって捉えられ、異なった視点が異なった事象を構成する場合も見解の不一致は実際には存在しない。この意味で見解の意見の不一致は視点・主体の不一致を導くが、普遍性は不一致によって逆説的に存在の可能性を示されると考えることもできる。

今日、同意の強制がされるのは差異そのものであり、見解の不一致を他者性・多様性に転化することで、アイデンティティのサヴァイヴァルが求められている。このとき、他者と競争して自分だけが生き残るのではなく失われた他者を悼み他者と接続するとするならば、改めてアプローチのあり方は再考されねばならない。

むろん、これは歴史的アプローチの意義を否定する主張ではない。その都度の必要性に応じて適宜使い分ければよいのである。言説という出来事に分析者が主体的に参与するときにヘイドン・ホワイトの言う歴史の場は生まれる。その点で歴史の場とは歴史的であると共に現在的でもある出来事や行為のネットワークであり、分析者の参与によってグラディエーションが作られ、また拡張・伸縮する。その点で分析者の参与の仕方によってネットワークの方向性や質的・量的な規模は異なる。とすれば、私は、理論先行で対象テクストの固有性・文脈を無視しているという疑問を持たれることもあるが、ケース・バイ・ケースなのではないか。理論研究が主眼となれば事例としての差異を説明する普遍化に関心が向くこともあり、テクスト分析が主眼となればやはりテクストの表現に整合性があるようテクストの固有性に目を向けた立論を心がけ、あえて定説に亀裂を生じさせるような可能性を模索したりもする。また、文学史研究においては当時の埋もれた事例への発掘を行ったこともある。確かに未熟な仕事ではあるのだが、それなりに努力しつづけてきたつもりである。

本書を成すにあたっては、日本社会文学会東海ブロック・文化史研究会・語り論研究会・北村透谷研究会・石川県自治と教育研究会の諸兄、自由民権資料館・泉鏡花記念館・徳田秋声記念館・室生犀星記念館・西尾市吉良公民館のスタッフの皆様、各種学会・研究会・公開講座に参加して下さった方々、拙い授業を聞いてくれた愛知教育大学の学生諸君に感謝申し上げる。また、こうした研究を続けてこられたのは同僚の温かい眼差しがあればこそであり、深謝に堪えない。そして、論考の一部は愛知教育大学西田谷ゼミ並びに卒業生との対話や共同研究の中から生まれてきたものである。ゼミのみんなには本当にありがとうと言いたい。みんなをずっと応援している。

当然のことながら出版事情が厳しいにもかかわらず、刊行を快く引き受けていただいた翰林書房の今井ご夫妻には心から感謝したい。

最後に闘病中の義母と支えてくれる妻・優子に本書を捧げたい。

西田谷　洋

二〇一三年一二月

五月に亡くなった義母・砂田美和子に本書の完成を見せることができなかったのは悔やまれる。

改めて最後に、優子と郷里の両親に本書を捧げたい。また、校正にあたっては坂井柚香氏の助力を得た。記して謝意を表する。

二〇一四年八月

索　引

【著者略歴】

西田谷洋（にしたやひろし）

愛知教育大学教育学部教授。専門は日本近代文学。1966 年生まれ。博士（文学）。
主な著書:『語り寓意イデオロギー』翰林書房、『認知物語論とは何か？』ひつじ書房、『政治小説の形成』世織書房、『新美南吉童話の読み方』双文社出版、『学びのエクササイズ文学理論』ひつじ書房、『ファンタジーのイデオロギー』ひつじ書房。
2014 年 10 月より富山大学人間発達科学部教授として着任予定。

テクストの修辞学
文学理論、教科書教材、石川・愛知の近代文学の研究

発行日	2014 年 9 月 18 日初版第一刷
著者	西田谷洋
発行人	今井 肇
発行所	翰林書房
	〒101-0051 東京都千代田区神田神保町 2-2
	電話 (03) 6380-9601
	FAX (03) 6380-9602
	http://www.kanrin.co.jp
	Eメール● Kanrin@nifty.com
印刷・製本	シナノ

落丁・乱丁本はお取替えいたします

ISBN978-4-87737-376-4